孙建江 著

中国当代儿童文学理论文库

# 童话艺术空间论

方卫平 主编

河北出版传媒集团
河北少年儿童出版社

图书在版编目（CIP）数据

童话艺术空间论/孙建江著.—石家庄：河北少年儿童出版社，2023.11

（中国当代儿童文学理论文库/方卫平主编）

ISBN 978-7-5595-3941-0

Ⅰ.①童… Ⅱ.①孙… Ⅲ.①童话—文学研究—中国—当代 Ⅳ.① I207.8

中国版本图书馆 CIP 数据核字（2022）第 247550 号

中国当代儿童文学理论文库
## 童话艺术空间论
TONGHUA YISHU KONGJIAN LUN

方卫平　主编

孙建江　著

| 选题策划：段建军　孙卓然 | 责任编辑：闫韶瑜 |
|---|---|
| 美术编辑：季　宁　孟恬然 | 装帧设计：陈泽新等 |

出　版　河北出版传媒集团　河北少年儿童出版社
地　址　石家庄市桥西区普惠路 6 号　邮编　050020
　　　　电话　010-87653015（发行部）
发　行　全国新华书店
印　刷　河北新华第一印刷有限责任公司
开　本　720 毫米 × 1020 毫米　1/16
印　张　10.25　彩插 0.25
版　次　2023 年 11 月第 1 版
印　次　2023 年 11 月第 1 次印刷
书　号　ISBN 978-7-5595-3941-0
定　价　62.00 元

版权所有　侵权必究

**孙建江** 浙江人，中国寓言文学研究会会长。出版有学术著作《二十世纪中国儿童文学导论》《童话艺术空间论》等十余种，作品集《美食家狩猎》《试金石》等四十余种。曾获全国优秀儿童文学奖等国家级和全国性奖项三十余次。作品被译成英、日、韩、北马其顿文等文字。曾应邀参加世界儿童文学大会、国际儿童读物联盟（IBBY）大会等国际学术会议做主题发言。

**方卫平** 鲁东大学儿童文学研究院名誉院长，近年出版个人著作《童年观与中国当代儿童文学》《中国儿童文学四十年》《儿童文学的难度》《方卫平儿童文学随笔》《方卫平儿童文化答问录》《方卫平学术文存》（10卷）等。

# 目录

引言 / 001

## 第一章 空间问题的提出 / 002

### 第一节 空间意识的重要性及其现实意义 / 002

一、关于童话的幻想与诗歌的幻想问题 / 003

二、关于童话的幻想与现实的关系问题 / 004

三、关于童话的"物性"问题 / 006

### 第二节 我们的童话理论缺乏空间意识的原因 / 008

一、依赖于成人文学理论的发现 / 008

二、单线直径式、非此即彼的文学寓意观 / 009

三、缺乏从文本角度对童话进行总体把握 / 011

四、童话的幻想究竟是什么 / 012

## 第二章 作者的空间思维 / 015

### 第一节 人类空间思维的历史演进 / 015

一、混沌的空间思维阶段 / 017

二、平面的空间思维阶段 / 019

三、绝对的空间思维阶段 / 023

四、多维的空间思维阶段 / 028

### 第二节 当代童话作者的多维空间意识 / 030

一、多维空间 / 030

二、当代童话作者的多维空间意识 / 036

# 第三章　作品的空间构成 / 050

　　第一节　叙事内容的非时序化 / 052

　　第二节　作品的运动感 / 059

　　第三节　作品的间隔化 / 066

　　第四节　作品的虚实相生 / 072

　　第五节　描述对象的超现实性 / 080

　　第六节　空间的独特性 / 086

# 第四章　读者对于空间的心理需求 / 091

　　第一节　思维活动的模糊性 / 092

　　第二节　感觉的真实 / 099

　　第三节　大与小的重新分配 / 105

# 第五章　空间结构的功能网络 / 116

　　第一节　两个层面：表层与深层 / 116

　　　　一、表层分析 / 117

　　　　二、深层分析 / 119

　　第二节　假定性与合理性的内在依存关系 / 125

　　　　一、假定性的价值 / 125

　　　　二、表层的荒诞还原为深层的情感真实 / 129

　　　　三、审美的多种可能性对实际的明确因果关系的超越 / 132

　　第三节　空间结构的整体把握力量 / 134

　　　　一、空间结构的统摄作用 / 134

二、空间结构的承载能力及其自身的象征 / 141

# 后记一（鄂少版）/ 147
# 后记二（川少版）/ 149
# 后记三（冀少版）/ 151
# 主编小记 / 154

# 引言

当我把童话艺术与空间这两个概念放在一起进行考察时，我感到，我面对的论题充满了诱惑力。这诱惑力来自我对童话这一文学样式有了一个新的认识视角。我意识到童话艺术空间的研究，有可能使我们过去许多关于童话问题的争论找到一种新的解决途径，并使童话的研究朝着更加科学化的方向发展。当然，我也不想否认，我们对童话艺术空间的研究，其意义绝不仅限于童话，甚至也不仅仅限于儿童文学，因为任何文学样式，不管你是否意识到，它都有其各自独特的空间形式的存在。我们对童话空间意识的把握，实际上也是对文学整体形态的一种把握。

我在这里之所以选择童话来进行考察，是因为在我看来，童话可以说是最为集中和独特地体现了文学，特别是儿童文学空间形式存在的一种样式。通过特殊、个别的研究以期显示普遍和一般的规律——这就是本书最根本的出发点。

# 第一章 空间问题的提出

## 第一节 空间意识的重要性及其现实意义

童话在整个儿童文学中占有特殊的位置。要说明这一点,应该不困难。

我们先从外部因素来看。首先,我们的"儿童文学"一词的由来,就与童话有着极为密切的关系。茅盾曾经指出:"'五四'时代的'儿童文学运动',大体说来,就是把从前孙毓修先生(他是中国编辑儿童读物的第一人)已经'改编'(Retold)过的或者他未曾用过的西洋的现成'童话'再来一次所谓'直译'。"[①] 可见,早期的童话,实际上就是儿童文学的同义语。其次,从读者对象来看。大家都知道,儿童文学包括童话和儿童小说、儿童散文、儿童诗歌、

---

① 江:《关于"儿童文学"》,《文学》1935年第4卷第2期。(江,即茅盾)

儿童寓言、儿童戏剧等，但是儿童文学所包括的这些门类成人文学同样包括，唯独童话例外。童话只属于儿童文学。虽然童话大师安徒生曾说过，他写童话时从不忘记坐在孩子身旁的母亲，但这显然是在把儿童读者摆在第一位的前提下说的，他的着眼点首先是坐在母亲身旁的孩子。

如果从文本的角度而言，我们说儿童文学是一种幻想的文学，或者说是一种具有强烈幻想特质的文学并不过分。在儿童文学中，特别是那些写给年龄偏低的儿童看的作品中，可以说，时时处处都充溢着幻想的因子。即使是那些写实性很强的生活故事，也往往少不了非写实的幻想出现。而儿童文学的这种幻想特质，恰恰在童话中得到了最为完满的体现。在童话中，幻想可以是局部的，更可以是整体的。童话的幻想往往是一种极致的幻想。幻想一旦成为一种普遍的现象（或存在），那么，作品势必出现一个相对稳定的幻想载体——幻想的空间。正如河流一旦形成，必然要出现河床。

童话的空间与童话的幻想是一个有机联系的统一体。但令人不解的是，现在我们的不少童话研究者往往只注意对幻想本身的阐述，而忽略了对幻想载体，即空间的研究。结果，造成了幻想的具体特征总结出了若干若干，如象征性、夸张性、拟人性、新奇性等等（应该说不少特征和手段本身总结得还是准确的），但是碰到创作中的实际问题，却又往往无从解释。比如——

## 一、关于童话的幻想与诗歌的幻想问题

童话的幻想与诗歌的幻想，两者之间究竟有没有区别？如果有，区别又在哪里？倘若我们按照通常的方法，把视点放在幻想有些什么

特征上来比较，确乎是很难将两者区别开来的。因为若是说童话的幻想具有象征性、夸张性、拟人性和新奇性等特征，那么，人们一样可以说，童话所具有的这些特征，诗歌同样也具有。可是当我们换一个视角，将它们放在各自所赖以存在的空间上来比较，两者间的区别就明显了。在两者的比较中，我们便可以发现，诗歌的幻想多是在直接触及眼前事物的情由下发生的。诗歌的幻想离不开眼前具体的知觉材料，也即俗语说的"触景生情"的那个具体的"景"。而童话的幻想则不然。童话的幻想可以是一出现就使读者置身于一种全然陌生的境地，甚至由始至终都是一种全然陌生的境地。也就是说，童话的幻想是一种在具体表现形态上省略知觉材料的幻想。童话幻想的这种知觉材料，内化为作品总体的发生基础。它们的区别点就在于两者幻想的起点和终点的不同，也就是说，两者幻想赖以存在的空间形式的不同。

## 二、关于童话的幻想与现实的关系问题

童话的幻想与现实的关系问题是童话界一直争论不休的问题。但我们发现，对这一问题除了那些以极右或极"左"面貌出现的、非学术性的讨论（前者如1931年对童话"鸟言兽语"发难的何键、尚仲衣等，他们认为童话的幻想是"离奇的想入非非的幻想"，童话的幻想对孩子有害，应当取缔；[①] 后者如"大跃进"时期那种极端的功利主义，提出"我们要叫童话里的动物为政治服务"[②]），几乎

---

[①] 参见何键：《咨请教育部改良学校课程》（《申报》1931年3月5日），尚仲衣：《选择儿童读物的标准》（《儿童教育》1931年4月20日）、《再论儿童读物——附答吴研因先生》（《申报》1931年5月10日）。
[②] 参见：《儿童文学研究》，少年儿童出版社，1958。

## 第一章 空间问题的提出

所有严肃的讨论文章都认为童话需要幻想。问题是幻想与现实两者间如何结合。熟悉当代童话创作的人大约都还记得，1956年至1958年，我们曾有过一场关于童话幻想与现实问题的讨论。讨论的起因是欧阳山的一篇发表在1956年1月号《作品》上的作品《慧眼》(欧阳山本人并没有把作品称为童话，但作品运用了幻想的手法，人们把它看成是童话)。这篇作品写了这样一个故事：农业合作社生产队长的孩子周邦，从小生就一双奇异的慧眼，能够看透别人胸膛里的心是什么颜色。他帮助合作社和大家做好事，但由于骄傲自大，这种神奇的力量失去了，还被地主和懒汉欺骗和利用。后来，经过父亲的教育和大伙儿的帮助，他的双眼又恢复了原样。《慧眼》作为一篇童话作品，大家几乎都认为它是失败的。失败的原因主要在于"幻想和现实结合上的不协调，不谐和"。不少人都认为童话中的幻想既不能没有现实基础地太"滥"，也不能实用主义地太"单"，要"自然而不生硬，丰富而不简单"，"恰到好处"。[①] 这当然不能说没有道理，但是这个"恰到好处"是个很虚的东西。如果说童话的幻想是不能太"滥"和太"单"之间的"恰到好处"，那么，这个童话幻想的界定就过于想当然，至少是过于狭窄了。因为在实际创作中，有的作品幻想的成分非常浓，而有的作品幻想的色彩则相对淡

---

[①] 这场讨论的代表性文章有：舒霈《幻想也需以真实为基础——评欧阳山的童话〈慧眼〉》(《文艺报》1956年第9期)，贺宜《目前童话创作中的一些问题》(《人民文学》1956年8月号)，加因《童话中幻想和现实结合问题》，黄庆云《从儿童文学创作的要求看〈慧眼〉》，陈善文《关于童话〈慧眼〉的一些问题》(以上均见《作品》1956年9月号)，陈伯吹《从〈慧眼〉谈童话特征与创作》(《作品》1956年12月号)，金近《文学的特殊形式——童话》(《作品》1957年1月号)，黄贻光《从童话创作的角度看〈慧眼〉》(《北方》1957年2月号)，肖平《童话中的幻想和美》(《儿童文学研究》1958年5月号)，贺宜《不许把童话拉出社会主义儿童文学轨道》(《儿童文学研》1958年10月号) 等。

得多——而这并不影响它们各自成为优秀童话，甚至经典童话。前者如《海的女儿》，后者如《卖火柴的小女孩》。因此，问题的关键不在于机械意义上的"多"和"少"，而在于每个童话的幻想须有一个与之相适应的幻想空间。

### 三、关于童话的"物性"问题

贺宜在1957年4月号《人民文学》上发表的一篇论文《智慧的语言，锐利的武器——略论寓言》，谈到了童话的"物性"问题。他认为：在"童话里面，幻想与现实之间要有和谐的一致。幻想的东西被看成俨然若有其事。人物和事件虽然都是幻想的，但是人物的思想和行动，事件的发生和变化，必须在作者赋予人物的性格特点的条件下，在为人物安排的环境中间，严格按照生活本身的规律来合理解决。不这样的话，就会形成逻辑上的混乱和故事发展上的矛盾。例如说，在童话中，狼和兔子的关系，始终是服从于生活本身的逻辑的。它们不可能成为朋友或同盟者，当然也不会由此发生朋友或同盟关系的破裂。但在寓言中，幻想并不那么严格地按照生活本身的规律的。例如愚蠢的驴子可以和狮子结成同盟，而最后自然就吃了狮子的亏；食肉的狐狸是从来不吃什么葡萄的，但是伊索说它因为吃不到而说葡萄是酸的"。贺宜的这篇论文影响很大，以至于进入新时期以来我国的两本《儿童文学概论》都采用了贺宜的这一观点。其实，在我看来，贺宜先生的这一观点是可以商榷的。因为，贺宜先生讲的童话的物性只涉及问题的一个方面，即只涉及作品的通常情况，而忽略了问题的另一面，即忽略了作品的特殊情况——而对特殊情况的研究，我以为恰恰是我们研究的重点，因为对特殊的研究往往可以切入到问题的本质。对于贺宜的观点,并非没有人提出过质疑。严文井写于1959年的一篇论文《泛论童话》中有这样的表述:"应当要求作者有丰富的常识,正确地描写所接触到的事物;但是我以为也不一定叫伊索保证狐狸确实是喜欢素食,而不喜欢肉食的,然后他那篇《葡萄是酸的》的寓言才许成立。清规戒律少一些,反映新的时代的新的童话肯定是会逐渐多起来的。"尽管严文井没有在理论上做更进一步的阐述,但他却较早地指出了贺说的局限性。只是由于严说得比较婉转,他的这一见解未能引起人们足够的注意。试想,如果我们的作品处于一种诸如地震、森林火灾等足以使童话主人公的生命存在受到威胁的境况,我想,狼和兔子是完全可以成为朋友或同盟者的。在实际创作中,这类例子很多。例如,张天翼的童话《大林和小林》中,月亮的尖角竟可以挂住平平的高帽子,而等上半个月,月亮圆满起来后,高帽子才会落下来。联邦德国(今德国)作家弗·沃尔夫的《皮特·皮库斯和海鸥莱拉》并未因为啄木鸟生活在森林、海鸥生活在海洋,而放弃了对啄木鸟和海鸥友谊的描写。现实生活中,海洋和陆地是两种迥然不同的环境,这两种环境中的生物互置环境是不可思议的,但在弗·沃尔夫笔下,海鸥能在森林里存活,啄木鸟可以在海边愉快地飞翔。这很难说是"严格按照生活本身的规律"的,但却极符合儿童思维的逻辑性;又如,风靡世界的米老鼠,如事事都要丝丝入扣、绝对地符合"物性",那这一可爱的形象恐怕早就不复存在了。因此,问题的关键同样不在于是否"严格按照生活本身的规律",而在于是否符合儿童思维的逻辑发展,在于是否有一个合适的儿童思维发展的空间。

可见，对童话艺术空间的研究，无疑将涉及并带动童话创作中若干重要理论问题的研究。

## 第二节　我们的童话理论缺乏空间意识的原因

### 一、依赖于成人文学理论的发现

在我国的儿童文学研究中，理论脱离创作实践的现象是十分严重的，不要说对创作中碰到的新问题做出应有的反应，更不要说对儿童文学的发展提出真正富有建设性的意见，就是对若干久已存在的文学现象也缺乏科学的阐述和总结。一个最为明显的标志是，我们现在的儿童文学理论几乎就是成人文学理论的复制，即或偶有区别，也不过是在行文时多用几个"儿童的"而已。

儿童文学是文学的一个组成部分，它当然有着与成人文学相同的地方，比如它的任务、性质、准则、范畴、功能等，与成人文学是一致的。对于这些问题，我们自然应该运用成人文学的理论去予以解释。但儿童文学也有其自身的特殊性，诸如它的读者对象所带来的一系列的问题等等。如果对儿童文学的这些特殊问题，我们仍然变相移植成人文学理论来套用，势必造成这样一种局面：在研究者一方，常常有力使不上，有些现象越解释越不清楚，很难有什么研究个性和艺术发现，更谈不上自身理论体系的构筑了；在创作者一方，由于我们的理论不能切中创作中的真正要害问题，使得创作者失去了应有的理论指导，甚至由于盲目地对成人文学理论的移植，还使创作愈发失去生机动力（如不分对象地要求作品塑造典型形象）。

因为你想套用，结果往往套用不上，成人文学里没有现成的答案。比如关于幻想的问题。

在成人文学的各类样式中，幻想当然存在，但与各自其他的艺术特征相比，它的重要程度则要弱得多。它仅仅是一种存在，并不体现某一文学样式的根本（或重要）特征。这就决定了幻想在彼时彼地的研究价值，人们对它的研究自然难以深入。但是，在儿童文学特别是童话中，幻想成了第一要素。这样一来，我们对幻想的研究就显得无从应着，人们陷入了两难境地。无视这一事实吗？显然不现实，因为幻想之于童话的重要性太明显了；深入研究这一现象吗？又没有相应的理论准备，因为在这个问题上成人文学并没有更多的艺术发现。这样，我们的研究便理所当然（！）地停留在幻想的普遍性这个层面上，而很难将研究的视角深入到幻想的内部——即深入到作为童话幻想独有属性的层面，深入到幻想的空间问题的研究上。

## 二、单线直径式、非此即彼的文学寓意观

儿童文学首先是文学，这是个几近常识性的问题。但是很长一段时期以来，人们却严重地忽视和冷落了儿童文学的这一文学基本属性。人们片面地强调儿童文学的教育作用，把教育性夸大到一个不适当的程度，甚至将文学作品等同于教科书，将教育看作是儿童文学的唯一属性。这种教育工具论的观点，尽管现在已无人公开提倡了，但人们却普遍期望在一部小说、一篇童话、一首儿歌里直

接、明白地（巧妙的说法是浅显地）表明作者的意图，以解决实际问题。造成这一状况的根本原因，我以为就在于人们头脑中的那种单线直径式的思维定式。人们的理由似乎很简单：儿童年龄小，理解水平有限，需要针对性的教育（或引导）。这种愿望固然十分良好，但却不切实际。因为说到底，文学与教育毕竟不是一码事。教育讲究直接、明白，而文学却注重含蓄、间接。这个道理正如成人需要成人教育，我们却不能在文学作品中肆意说教一样。问题是这种思维定式给我们的儿童文学带来了难言的苦衷，极大地阻碍了儿童文学自身的发展。在这种思维定式的制约下，作品势必成为一种平面结构模式，作品的一切文学发生都必须在表层完成。

这样一来，童话的幻想实际上已经失去了自身存在的价值。因为童话作为一种语言象征艺术，它不可能在现实生活与文学寓意之间作径直对应联系。也就是说，幻想无法于两者之间起到中介作用。可想而知，在这种思维定式下产生的童话，其作品中的"幻想"，只可能是一些游离于作品表面的点缀和噱头（就像凭空做了个梦，梦见什么来着，诸如此类所谓的"幻想"）。

这种平面的艺术构造是难以建筑并拥有自己的空间的。

然而事情并未到此了结。这种单线直径式的思维定式还带来了一种非此即彼的价值评判标准。因为按照这种思维逻辑：既然成为一部（篇）作品，那它的目的一定是直接明确的。如果作品不显示此，那它就必然显示彼。殊不知，文学创作本身是一种极为复杂的现象。有的作品可以是显示一种较明确的目的；有的作品却并不直接明确表示什么，非此，也非彼；有的作品既显示此，也显示彼，甚至更多的目的。显然，用一种固定、单一的尺度去评判复杂的创作是不切实际的。

理论的教条、僵化，影响到创作的健康发展；而内涵丰富、个性鲜明的作品的缺乏又反过来影响到理论自身的建设。这是一个令人懊丧的恶性循环。

### 三、缺乏从文本角度对童话进行总体把握

有人说，"一切理论的探索，归根到底是方法的探索。"这话有一定的道理，至少它启示着人们从更多的角度接近真理的可能性。

长期以来，我们的文本意识极为淡薄。凡研究文学，必然要与作者的生平等等联系起来（作者研究是文学研究中的一个重要组成部分，这是毋庸置疑的），但是，如果不区别具体研究对象，一概僵化地加以联系，事情往往反而搞不清楚。比如我们研究作品本身的结构，如仅从作者的动机、愿望、心态去研究，显然就不够了，因为文学作品一旦脱离创作主体成为一种社会存在，便具有了某种相对独立的价值取向。

"文本"是西方结构主义理论中的一个重要概念。简单地说，文本就是"作品"（可以是一部作品，也可以是一系列作品）。文本论认为，文学是一种语言活动，文学的这种语言活动，与具体科学的语言活动是有区别的。文学作品传达出的语感、意味是不能和外部世界的人或物直接对应起来的。文学活动的特点在于，它从个别、具体的现象进行到某种意味，从发生的事情升华到某种高度的过程中，作者与作品之间产生了必然的断层。作品一经诞生，作者便不存在了。作品是作品，作者是作者。作者与作品是两个完全不同的概念。作品存在的价值是由作品自身的逻辑程序决定的。

文本论是否走过了头，是否过于看重自己阐释问题的力量，这是完全可以讨论的。但是文本论给我们带来了不少启示，这些启示中最为重要的一点就是：重视作品自身的研究。这对于我们一切围绕创作主体为中心的研究显然是一个重要的参照。面对现实情况，取各家所长，具体问题，具体处理，这是我这里提出文本意识的根本出发点。

儿童文学界曾经出现过颇为热闹的关于"童心论"的讨论。我想，许多人大约都还记忆犹新。"童心论"的讨论，前后出现过两次。1960年那次带批判性质的讨论且不去说，单说1979年的讨论。这次讨论本是一次极好地深入探讨儿童文学内在特质的机会，但是讨论的结果却令人失望。人们只满足于孤立地对某几句话做考证、解释，却没有意识到陈伯吹提出的"童心论"的着眼点恰恰在于儿童文学，而不是其他。造成这种结果的根本原因，我看就在于缺乏文本意识。因为所谓"以儿童的耳朵去听，以儿童的眼睛去看，以儿童的心灵去体验"，如果不与作品的内在承受机制联系起来，那是没有什么实际意义的。

### 四、童话的幻想究竟是什么

回到我们的空间论题，情况又何尝不是这样呢？也正是由于缺乏文本意识，致使我们对幻想这一无法回避的问题的研究显得表面化、简单化。人们往往只注重对童话幻想本身的阐述，注重幻想与外部的联系，很少有人将童话的幻想看作是一个自足的系统，看作是一个过程，从而深入到童话幻想的内部生存机制的研究。

童话的幻想究竟是什么？

我们的儿童文学教科书上写得很明白：幻想是作品完成寓意的一种手段。这话不错，幻想确实具有作为显示作品寓意的功能。但是如果我们继续往下问，童话的幻想仅仅是一种手段吗？如果是这样，那么童话的幻想与其他文学样式幻想的区别又在什么地方呢？

如果我们不抱任何偏见，一切从作品的实际情况出发，我们便会发现，童话的幻想的特殊性就在于：它既是一种手段，同时也是一种目的。手段体现在作品的完成之后，而目的却潜藏在作品的整个发生过程之中。

如果我们意识到了这一点，我们将会避免许多武断的批评。比如有些孩子很喜欢看的童话，我们却经常听到某些评论者指责说：这篇童话除了幻想以外，什么实在的内容也没有。

这种诘难让人感到啼笑皆非。实在是东向而望，不见西墙！但你没有办法，人家就是这个思路。事实上，对于这个问题，经典性的作品早已为我们提供了有力的例证。让我们来看一看英国作家刘易斯·卡罗尔风靡世界的童话《爱丽丝漫游奇境记》。

这篇童话真是奇妙得很——小女孩爱丽丝和姐姐坐在小河边。姐姐在看书，觉得没意思，就打起瞌睡来。突然一只穿着衣服的白兔跑了过来，爱丽丝稀里糊涂地撵着兔子，就跟着掉进了一个洞里，掉得很深很深，掉到了一个奇怪的地方，遇到了许多稀奇古怪的事情。她喝了一瓶饮料，变成了小矮人；她吃了一块蛋糕，又变成了巨人。她一哭，眼泪就流成了河，变成了湖；她还和耗子、乌鸦、丹顶鹤、金丝雀在自己眼泪变成的湖里游泳呢。她来到兔子家拿手套，由于又喝了饮料，身体变大了，头顶着天花板，胳膊伸出窗外，动弹不得，只好再吃石块变成的糕点，身体才变小。可是她吃了毛毛虫给的蘑菇,身体又变大了,变得像条蛇,把小鸟也给吓跑了。她来到公爵夫人的家,看见大家都在打喷嚏。她发现一只猫,一会儿隐没身体,一会儿又恢复原样。她进了花园,认识了在那里游戏的扑克牌红心国王 K 和皇后 Q。皇后让她参加槌球比赛,用作比赛的球是只活的刺猬,球棍是活的红鹤。红鹤不听指挥,刺猬又老是悄悄爬开,弄得爱丽丝手忙脚乱。猫冒犯了皇后,被判斩首,它施展法术,一下子消失在空中。爱丽丝又为审判红桃贾克出庭作证……一切都是时隐时现,神秘莫测;一切都是真真幻幻,扑朔迷离。若问这篇童话的目的是什么,答曰:幻想的过程就是它的目的。主人公爱丽丝的幻想世界就是它的目的。爱因斯坦曾说:"想象力比知识更重要,因为知识是有限的,而想象力概括着世界上的一切,推动着进步,并且是知识进化的源泉。"[①] 我想这话是值得我们玩味的。加强文本意识,将有助于我们对童话的研究从表层进入到深层,最终完成对童话的总体把握。

---

[①] [美]爱因斯坦:《爱因斯坦文集》第 1 卷,许良英等编译,商务印书馆,1976,第 284 页。

# 第二章 作者的空间思维

## 第一节 人类空间思维的历史演进

考察人类空间认识的思维演进过程是一桩很困难的事情。

它的困难性来自以下几个方面。首先，人类思维的发展是一个非常缓慢的历史进程。人类进入文明社会，只有几千年的历史，而在这之前，据人类学家们推测，人类大约经历了二三万年的蒙昧时期和野蛮时期（相当于考古学上的旧石器时代到金属器时代初期）。如此悠远、漫长的进程，使我们作为个体的人不容易找到各个历史阶段之间人类思维的明显参照。其次，正如法国人类学家列维·布留尔指出："严格说来，关于原始人，我们几乎是一无所知的。"[①] 因为我们是用当代人的思维来考察各个历史时期中人类的思维，这就

---

[①]［法］列维-布留尔：《原始思维》，丁由译，商务印书馆，1981，第1页。

需要有大量的史料为证,而这方面的材料我们又缺乏。再次,思维科学在我们国家还是一门刚刚起步的科学,可资借鉴的研究成果本身就有限,而对空间认识思维的专门研究则几乎等于空白。

然而,如果我们不对人类空间思维有一个总体上的认识,我们又很难全面把握作为当代人的空间意识(亦即作者的空间意识),而缺乏对这一点的把握,又将直接影响到我们童话艺术空间的研究。因为文学作为一个整体,它是由作者——作品——读者三方面共同体现并完成的。在整个发生过程中,缺少其中的任何一个方面都是不完整的。

或许,这事情的意义恰恰在于它的困难性和不可回避性上?

宇宙间的任何事物都有一个自身发展的过程。人类思维与人类社会、自然界一样,也有一个自身发展的过程,它是一门历史发展的科学。正如恩格斯所说:"每一时代的理论思维,以及我们时代的理论思维,都是一种历史的产物,在不同的时代具有非常不同的形式,并因而具有非常不同的内容。因此,关于思维的科学,和其他任何科学一样,是一种历史的科学;关于人的思维的历史发展的科学。"[1] 由于每一历史阶段社会生产力和人类实践水平的不同,人类思维也具有不同的方式和特点。但是思维活动是一种很复杂的现象,往往在同一个历史阶段中并存着几种思维方式,对它绝对地划分是困难的。不过从总的发展趋势看,人类思维是由幼稚向成熟、由低级向高级、由简单向复杂的方向发展的。

大致说来,人类对空间认识的思维演进主要经历了四个阶段。这四个阶段的依次顺序是:混沌的空间思维阶段、平面的空间思维

---

[1]《马克思恩格斯选集》第3卷,人民出版社,1972,第465页。

阶段、绝对的空间思维阶段和多维的空间思维阶段。这四个历史阶段的空间思维，都有自己直接对应的思维方式。各阶段之间既有区别又有联系。

## 一、混沌的空间思维阶段

人类学提供的材料告诉我们，自从人类脱离动物界，原始人一直在所谓旧石器时代缓慢地前进。旧石器时代漫长而又漫长，大约历时二三百万年。生活在这个时期的原始人的生活来源，一是靠采集，一是靠渔猎，都是自然界直接提供的生活资料。这一时期，人们使用的工具是极其粗糙的石器，很难引起周围世界的显著变化。

这时候，人们的思维对空间的认识是含混不清的。长沙马王堆出土的西汉帛书《十六经》记载出现天地之前的状态为："无晦无明，未有阴阳。阴阳未定，吾未有以名。"《列子》描述天地开辟前的状态："万物混沌而未相离也。"而晋人皇甫谧著《帝王世纪》一书中说的则更详细："天地未分，谓之太易。元气始萌，谓之太初。气形之初，谓之太始。形变有质，谓之太素。（太素之前，幽清寂寞，不可为象。）"（易，古字通阴，阴者隐也。始，古字通胎。素，白色也，白色可引申为光明）这是说，天地未形成，太阳未出现之前，宇宙间迷迷蒙蒙，无物无象，什么也看不清，一片混沌。

与这种混沌空间思维直接对应的思维方式，是一种我称之为行动思维方式（这个"行动思维"一词与瑞士发生论者皮亚杰所用的同一术语的内涵并不完全相同。皮氏所用术语是针对个体思维发生而言，我这里则是针对作为类的思维史而言）。所谓行动思维，就是用行动作为物质形式来表现大脑皮层中所发生的关于对事物的联想的思维。这种思维活动有以下几个特点。

这种思维活动离不开主体的具体行动。思维在主体的具体行动中发生，并在主体的具体行动中实现。从世界各地区发现的原始岩画中，人们常常可以看到"兽人"的形象。而伴随"兽人"同时出现的，又总是与渔猎、采集有关的诸如采果、爬树、围追野兽等活动。这说明，原始思维正是在原始人的行动中逐渐形成的。原始人只有通过行动本身所固有的秩序才能认识到客观对象的秩序。

这种思维活动不能脱离具体事物，只能在具体事物中发生，一旦离开具体事物，思维活动就停止了。比如原始人只有看到水中的鱼，才会想到去捕捉。只有看到树上的果子，才会想到去采集。他们看到野兽，便去围追击打（他们要吃野兽的肉），但野兽一旦跑了，他们也就不去追打了，因为这时他们对这事的思维活动已经停止了。这说明客观事物的存在与否又直接决定着人们的思维活动。客观事物怎样，人们的思维活动就怎样，两者互相交织在一起。

由于主体行动的单一（旧石器时代的人们只知道最简单的采集、渔猎），又由于具体事物的不断出没变幻，使得原始人的思维活动具有一种不确定性，这就造成了行动思维一个最为显著的特点：缺乏逻辑程序。原始人常常闹不清个别和一般、实体和属性、主观和客观等基本的界限。比如原始人对"有"这个概念的理解。原始人常爱在肚皮上画一把刀。他们认为，腰间别一把刀，时时刻刻会感到它的存在，必定为实有。然而，山河湖海、飞禽走兽同样也都是实实在在的存在。这就造成了只有个别的"有"，而缺乏一般性的概括。个别的"有"与一般的"有"两者之间的界限便模糊了。又比如我国纳西族的《创世纪》说："天和地还没有分开，先有了天和地的影子。"天和地还没有分开（天地还没有形成），居然就有了天和地的影子，这种思维活动按照文明人的逻辑去衡量，前后混乱，自相矛盾，根本讲不通。但这在原始人那里，却显得很自然很合理。行动思维缺乏逻辑性，但原始人仍然能进行正常思维活动，这是一个很有趣的现象。

这样一来，我们便发现了行动思维与混沌的空间感之间的内在联系了。行动思维缺乏逻辑程序，从而造成了人们思维活动的不确定性，而思维活动的不确定，势必又促使人们对空间认识的含混、模糊——形成一种混沌的空间思维。

## 二、平面的空间思维阶段

人类历史是不断向前推进的。从旧石器时代过渡到新石器时代是一个漫长的历史进程，而新石器时代过渡到文明社会同样是一个漫长的历史进程，大约几千年。恩格斯指出："摩擦生火第一次使人支配了一种自然力。"[1] 新石器时代一个最重要的标志，就是人类发现并开始使用火。由于火的发现和利用，出现了制陶业，人们第一次在自然界创造了一个全新的对象。这对原始思维的发展有着重要的历史意义。新石器时代，人们开始对石器进行第二次加工，即经过打击之后还要反复加工、修整、钻孔、装柄，便于手中把握。随着工具本身的定型、分化和多样化，原始人的生活资料得到了积累。在此基础上，先后出现了原始畜牧业、原始农业和原始手工业。畜牧业促进了原始人对动物的认识；农业促进了原始人对植物的认识，两者又促进了原始人对天文、地理的认识；制造工具和制

[1]《马克思恩格斯选集》第3卷，人民出版社，1972，第154页。

造生活用品的手工业，则促进了原始人对机械力的认识。从前人们对石器、骨器、木器的加工，仅仅只是改变了对象的外形，而制陶则改变了对象内部的化学构成。这一切说明，原始思维已经开始由表及里、由浅入深，从无序走向有序了。

这一时期，人们把空间看作是一种单一的平面构成。这一点，在北欧的岩画中可以得到印证。比如，我们看到人与动物（或其他东西）重叠出现时，后面动物被遮挡了的那部分照样出现在前面人的画面上，反之亦然。两者同处于一个平面上。这说明这一时期的原始人还缺乏立体感。

那么，与这种平面的空间思维直接对应的思维方式是什么呢？我以为是一种表象思维。所谓表象思维，就是用反映客观事物的外表形象特征的形象观念作为基本思维形式的一种思维方式。表象思维与行动思维不同，行动思维离不开主体的行动和客体的具体存在，而表象思维则已将主体行动与具体存在分开了。表象思维利用事物的外部特征来进行思维活动。拉法格在研究了落后的原始民族的思维后指出：在许多野蛮人的语言中，没有表现"硬""圆""热"等等抽象概念的词，之所以没有，是因为这些野蛮人还没有达到创造想象上的存在或形面上的实质。比如，他们不说"硬"的，而说"像石头"；不说"圆"的，而说"像月亮"；不说"热"的，而说"像太阳"。[1]

以上我们可以看出，新石器时代人们的思维还是很幼稚简单的。但是，却出现了一个不容忽视的特点，即这一时期的表象思维中已具有了潜逻辑的因素。正因为石头是硬的、月亮会变圆、太阳

---

[1] 参见［法］拉法格：《思想起源论》，王子野译，三联书店，1963，第57页。

发热，野蛮人才会想到用"像石头""像月亮""像太阳"去表达。

列维·布留尔考察了澳大利亚土著居民、太平洋斐济群岛土著居民和西太平洋安达曼群岛土著居民，发现他们的思维方式相当于原始社会的新石器时期。在其著名的《原始思维》一书中，他认为，原始人的思维形式是"集体表象"，而思维规律则是"互渗律"，其思维方式属于"原逻辑思维"。对文明人来说，同一律和矛盾律是逻辑思维最起码的要求，而在所谓互渗律的面前，同一律和矛盾律根本不能发挥作用，这是因为布留尔所使用的原逻辑概念是从属于互渗律的，实际上并不包含逻辑性的因素。布留尔说："可以把原始人的思维叫作原逻辑的思维，这与叫它神秘的思维有同等权利。与其说它们是两种彼此不同的特征，不如说是同一个基本属性的两个方面。"[1]（也正是因为这个缘故，布留尔无法讲清楚，违背逻辑的原始人的思维怎么会过渡到讲究逻辑的文明人的思维。当然这是另外一个话题）布留尔认为，原始人的集体表象不同于文明人的表象与概念所显现的智力过程。在原始人的集体表象的内涵中，客观事物的形象和部落传统的心理习惯，信奉的图腾，恐惧感，感谢、祈求等感性形象交织在一起。而集体表象之间的联系则服从于互渗律。"互渗"就是把两件毫不相干的事情，通过神秘的习惯心理联系在一起。比如波罗罗族的印第安人宣称他们是人，又同时宣称金刚鹦哥有什么本领，他们也有什么本领，他们就是金刚鹦哥。他们还认为，在狩猎或战争中的成功与失败，取决于他们的妻子在他们离家期间对各种规定特别是食物禁忌是否遵守。布留尔又举例说，墨西哥回乔尔人断言：玉蜀黍和鹿、希库里（一种神圣植物）

---

[1]［法］列维-布留尔《原始思维》，商务印书馆，1981，第71页。

是同一个东西；希库里采集得越多则玉蜀黍收获得越多，猎获的鹿的数量即等于玉蜀黍收获的数量。这样，在波罗罗人和金刚鹦哥之间，在男人出外狩猎、战争的成功或失败与妻子在家遵守禁忌与否之间，在玉蜀黍和鹿以及希库里之间，便有着一种神秘传递、渗透、同一的联系。然而，这样一来，这些事物之间本来的界限便模糊了。布留尔通过此类大量的事例，正确地揭示了原始思维中不合逻辑的现象，这是相当有价值的。他显然要比以泰勒等为代表的传统人类学对原始思维的理解要深刻得多。但布留尔认为原始思维中一点儿也不存在逻辑因素，这似乎又走到了另一个极端。

在我们看来，这个时期原始人的思维中已经萌发了逻辑因素。我们且以布留尔的互渗律为例证。尽管波罗罗人相信自己就是金刚鹦哥，但是波罗罗人并不把所有的动物都作为他们的崇拜对象。他们所以把自己与金刚鹦哥相提并论，那是因为在他们看来，金刚鹦哥是他们的图腾，是他们的祖先。而出外狩猎或战争的成功与否取决于家中的妻子是否对规定禁忌的遵守，这里的禁忌，仍然是一种图腾。这里，图腾的确定实际上已经包含了某种逻辑的成分。因为这里有个选择的问题。如何选择，为什么要那样选择。同样，尽管回乔尔人说玉蜀黍和鹿、希库里是同一个东西，但他们绝不会用猎鹿和采集希库里代替玉蜀黍的种植和收获，这个界限他们不会搞混。而他们所以认为三者是同一个东西，那是因为希库里是一种神圣植物，在他们的神话中玉蜀黍原来是鹿。就是说，三者之间还是有一定的"逻辑"联系的。至少这里就有一种判断和推理的成分。不过这些逻辑因素不是明显外露而是潜藏的罢了。

了解了表象思维具有潜逻辑因素这一特征之后，我们就容易看清楚新石器时代的原始人为什么把空间看作是一种平面的构成了。

在我国的《山海经》《淮南子》等保存着大量上古地理空间材料的典籍中，我们发现原始先民在对大地方位的认识上是十分混乱的。比如说到地理，明明是指南，忽而又可变为东，明明是指北，忽而又可变为西。比如说到太阳的升起和降落。有时他们说太阳从东方升起，有时他们又说太阳从南方升起；而太阳的降落之处，有时他们说在西方，有时又说在北方。另外，许多山和水（如昆仑、丹穴等）的方位，记述得更是混乱。但是我们同样发现，在这些混乱的记述中，却遵循着一种规律（或逻辑），即遵循着一种东—南，西—北的二维空间观。关于这一点，清代学者们在研究《尚书》时，曾做过阐释。阎若璩在他的《尚书古文疏证》（卷六）中指出："上古人凡地理言南者，皆可与东通。而凡言北者，又均可与西通。非同于后世以为东、西、南、北四向所迥然相反者。"用我们的话来说，就是一种平面的空间观。

毫无疑问，表象思维作为人类思维的一个发展阶段，本身又为人类的下一个思维方式奠定了发展基础；同样，平面的空间思维，必然也要由下一种空间思维所取代。

## 三、绝对的空间思维阶段

人类进入到文明社会以后，由于生产资料和生产力得到了前所未有的丰富和发展，极大地推动了各种各样的哲学思想的萌发和形成。每一种哲学思想又必然带来各自（不同或相似的）观察世界的思维方式。由于思维方式的不同，又决定了人们的思维对空间的认识。事实上，从人类进入文明社会到17、18世纪，并存着许多思维方式，如古希腊的朴素辩证思维方式，中世纪的唯灵论思维方式，等等。但是正像我们在前面所说，人类思维的发展总的来说是由低级向高级、由简单向复杂方向发展的。每一个漫长的历史时期必然有一种总的、占主导地位的思维方式，和由此而产生的人类思维对空间的认识。我以为，人类进入文明社会，特别是到了文艺复兴以及17、18世纪，这种占主导地位的空间思维是绝对空间思维，而与这种绝对空间思维直接对应的思维方式是形而上学的思维方式。

所谓形而上学的思维方式，正如恩格斯在《反杜林论》中指出，就是"把自然界的事物和过程孤立起来，撇开广泛的总的联系进行考察，因此就不是把它们看作运动的东西，而是看作静止的东西；不是看作本质上变化着的东西，而是看作永恒不变的东西；不是看作活的东西，而是看作死的东西。"[1]形而上学的思维方式，就是孤立、静止、片面地看问题的思维方式。它在绝对不相容的对立中思维。是就是，不是就不是，除此之外，一切都不存在。形而上学的根本特点就是绝对化。它把逻辑的合理性抽象绝对化推向极端。

在人类这个认识历史的阶段，形而上学思维方式体现在各门学科中。在哲学上，表现为培根、洛克的经验主义和笛卡尔的先验论。培根认为，真正的知识只有在对于客观事物的研究中，即从经验中才能获得。洛克则有一个著名的"白板说"。他认为，一切知识和观念都是从经验中获得的。他说："人心就像一张白纸，上面没有任何记号，没有任何观念。人类活跃的无穷幻想在这张白纸上刻画出数不清的形形色色的东西，这样多的东西是从哪里来的呢？我

---

[1]《马克思恩格斯选集》第3卷，人民出版社，1972，第60~61页。

的答复就是一句话——从经验得来。"① 笛卡尔断言有些观念并不是从感觉得来的，而是生来就有的。例如数学的公理就是。他明确表示："最简单最自明的意念……我们不应当把这些意念归诸为研究得来的认识之列，因为它们是与生俱来的。"② 在物理学上，表现为牛顿的外因论。牛顿天才地创立了他的力学体系，这是一个很大的历史进步。但是牛顿力学认为，空间是绝对的，绝对空间就其本性而言，和外界任何事物无关，而永远是相同的和不动的。既然如此，那么怎样才能知道它的存在呢？牛顿认为，这一切都是上帝制造的。牛顿说："仅仅靠力学的原因能够产生那么多的有规律的运动，那是不可思议的，因为彗星沿着非常偏心的轨道走遍天空的一切角落。……这个最美丽的太阳、行星和彗星的体系只能是根据一个有智慧、有权力的神的指示和支配来行事的。"③ 后来，哲学家康德又把绝对空间和绝对时间说成是先验的。这样，牛顿和康德就把绝对空间和绝对时间奉为了先验的上帝的旨意，不许人们对它们有所怀疑。在生物学上，表现为林耐的物种不变论。他认为，动植物的种类是由上帝创造的，是永远不变的，相同的东西总是产生相同的东西，动植物之间以及生物和非生物之间没有任何历史联系。

这样一种普遍的思维方式，势必决定了人们的思维对于空间的认识，这就形成了绝对空间思维。这种空间思维认为，一切空间的构成都是先天存在的，是静止的，没有变化的。

且让我们来看一看在这种空间思维制约下所产生的童话作品。

---

① 转引自汪子嵩等编著：《欧洲哲学史简编》，人民出版社，1972，第77页。
② 转引自汪子嵩等编著：《欧洲哲学史简编》，人民出版社，1972，第65页。
③ [英] 牛顿：《自然哲学之数学原理》，郑太朴译，商务印书馆，1957，第951~952页。

1697年法国出版了由夏尔·佩罗收集整理的民间童话集《鹅妈妈的故事》。其中包括许多有名的作品，《小红帽》就是其中最有影响的作品之一。《小红帽》的故事情节十分简单：

有个叫小红帽的女孩，去看望生病在家的外婆，路上遇到了一只狼。小红帽因为不懂事，对狼说出了外婆家的地址。于是，狼抄近路先赶到小红帽的外婆家，把小红帽的外婆吃掉了。然后，又伪装成小红帽的外婆躺在床上，要吃赶来看望外婆的小红帽。正在这时，来了几个樵夫，把狼砍死了，小红帽得救了。

在这篇童话的空间里，一切都是静止和孤立的。首先，人物性格类型化，缺乏变化。小红帽是幼稚、单纯的类型，狼是凶狠、狡诈的类型。美丑好坏，两极分明。其次，情节的发展缺乏必然联系。在小红帽就要被狼吃掉的关键时刻，几个樵夫跑来了，把狼打死了。这显然只是包括收集整理者在内的民间童话创作者良好的愿望。就此深究下去，我以为这种思维方式与我们分析过的前一个思维阶段的潜逻辑（即布留尔所说的互渗现象）的思维特征，两者之间实际上是一种承继关系，至少是一种间接的承继关系。再次，童话中，目的是目的，人物是人物，两者之间只是临时的结合，人物不过是作者为表现某种目的临时取来的"工具"。两者之间缺乏必然性。

一百多年后的1812年，德国的格林兄弟出版了他们收集整理的童话集《儿童与家庭童话集》。在这个集子中，他们对《小红帽》进行了改造。改造的结果除了增补了一个尾巴，其他部分均未改动。狼吃了小红帽的外婆后，又把小红帽吃了。猎人赶到后剖开了狼的肚皮，使已被狼吃掉的外婆和小红帽得了救。小红帽再把石头装进狼的肚子里将狼压死。这样一来，整个故事的结尾显得完满了，人们的良好愿望也由此得到进一步的显示。但是就整个作品的空间构成来看，仍然没有什么变化。也就是说，在这篇童话中，人物仍然是原来的类型化人物，情节的发展仍然缺乏必然的联系；目的与人物之间的关系仍然是分离的。

从这里我们也可以看到，一种思维方式的形成对人们的制约作用是多么巨大。

正是由于这样，20世纪初俄国形式主义学者普罗普竟出色地给民间童话归了类。

1928年，普罗普出版了他颇具影响的论著《童话形态学》。普罗普发现，童话里常常把同一行动分配给各种不同的人物，许多不同的人物实际上是重复同样的行动，所以人物虽然千差万别，他们在童话里的活动和作用却很有限。由此，他对各种各样的童话进行了归纳和概括。他得出了以下四条原则：

1. 人物的功能是故事中恒定不变的因素，不管这些功能是怎样的和由谁来完成。它们是构成故事的基本成分。（"功能"是普罗普常用的一个术语。功能就是人物的行动。普罗普把"从对情节发展的意义看来的人物行动"称为"功能"）

2. 童话中已知功能的数量是有限的。

3. 功能的排列顺序总是一样的。

4. 所有童话就结构而言都属于同一类型。

普罗普总结出的功能一共有31种，他逐一比较各个童话，发现每个童话总是包含这31种功能中的某一些，而且其排列顺序总是相同。这31种功能包括了童话里所有的典型情节，如主人公出发探险、与妖魔搏斗、取得胜利、最后赢得幸福等等。普罗普还把完成这些功能的情节归纳为七个"行动范围"，相应的角色则有：

1. 反面人物；

2. 为主人公提供某件东西者；

3. 帮助者；

4. 公主（被追求的人）及其父亲；

5. 派主人公外出历险者；

6. 真主人公；

7. 假主人公。

这些角色在童话中可以由各种人物担任，有时同一个人物可以担任几个角色，也有时几个人物共同担任同一个角色。童话人物的功能和行动范围都是固定的数目，这实际上就在所有童话下面找出了一个由角色和功能构成的基本故事，现存的一切童话都不过是这种基本故事的变体或显现。[①]

然而，如果用普洛普这个原则来考察我们的当代童话创作，那就显得格格不入了。这并不奇怪，因为人类的思维方式是发展的，人类对于空间的认识也是发展的。对于空间的不同认识，必然要影响并制约着作品的空间构成。

## 四、多维的空间思维阶段

多维的空间思维是继绝对的空间思维后，人类对空间认识的又

---

[①] 参见［比］布洛克曼：《结构主义——莫斯科-布拉格-巴黎》，李幼蒸译，商务印书馆，1980；张隆溪：《故事下面的故事——论结构主义叙事学》，《读书》1983年第11期。

一新阶段。

与多维的空间思维直接对应的思维方式，就是辩证思维方式。辩证思维和形而上学思维有着根本的区别，前者在对立统一中思维，而后者则是在绝对不相容的对立中思维。辩证思维从联系、运动和发展的观点看问题，它避免了形而上学思维的孤立性、静止性和片面性，同时吸收了形而上学思维的合理内核。它既讲有条件的非此即彼，也在适当的环境中承认亦此亦彼。辩证思维始终将认识过程与实践过程结合为一个有机整体，使思维处于不断更新的状态之中。

马克思曾经将辩证思维方式概括为"具体—抽象—具体"这样一个深刻的运动公式。这个公式包括从具体直观上升到抽象概念，再从抽象概念上升到具体概念两个认识阶段。第一个认识阶段的具体有两层含义，一方面指映在主体头脑中的客观事物的具体表象，一方面指客观存在的具体事物。主客观双方通过具体实践统一起来，从具体开始，也即从实践开始。第二个认识阶段的具体也有两层含义，一方面是指具体概念必须回到实践之中，一方面是指与客观情况相符合的具体概念。然而，作为思维内部认识开端最初的表象是孤立的，并不能为人们提供关于客体的总体性认识。为了达到对客体的规律性认识，表象必须向抽象概念以至具体概念转化。具体概念既是许多规定的综合，又是这些综合的复杂统一。也就是说，具体事物在实践中是思维的开端，但具体概念却是思维反复加工和不断深化的结果。从抽象概念这个理性认识的低级形式上升到具体概念这个理性认识的高级形式，不是认识过程中的简单的量的递增，而是一次质的飞跃。而这一飞跃，正是辩证思维方式区别于形而上学思维方式最根本的地方。

辩证思维方式是人类发展到目前为止思维领域中的最高形式。但是思维方式并非到此结束，不再发展了。不过从人类的整个思维发展历史看，辩证思维阶段必定也是一个漫长的进程，因而辩证思维自然也还有一个自我完善、自我健全的过程。

那么，与辩证思维方式直接对应的多维的空间思维，它的特征又体现在什么地方呢？

行文至此，实际上我们已经开始对当代人（亦即当代童话作者）的思维空间进行考察了。

这样，我们就进入了下一个问题的探讨。

## 第二节　当代童话作者的多维空间意识

### 一、多维空间

进入20世纪以后，人类对空间的认识发生了革命性的变化。哲学、物理学、逻辑学、数学、心理学和社会学等不同学科的学者们通力合作，对空间问题的研究给予了前所未有的关注。而这一切的直接推动力，来自爱因斯坦的相对论理论。

1905年，阿尔伯特·爱因斯坦发表了他最著名的论文《论动体的电动力学》，从而宣告相对论理论的诞生。[①] 爱因斯坦认为，在

---

① 1915年，爱因斯坦把相对论推广运用到非惯性系统，推广运用后的相对论人称"广义相对论"。《论动体的电动力学》中的相对论人称"狭义相对论"。

日常生活经验中，我们意识到现象的发生有一种明显的不可逆转性，分成"现在"发生的、"过去"发生的而保持在记忆里的，而且还有"未来"将发生的。这种一般人所共同具有的主观印象使得人们把时间加以定量化——也可以说成对时间的"发明"。爱因斯坦的相对论彻底地否定了20世纪以前的绝对自然观。这是自然科学史上的一次大变革，也是人们运用辩证法在空间思维研究中的一次重要发现。1908年数学家闵可夫斯基在题为《空间与时间》的演讲中，进一步地阐述了相对论的价值。闵可夫斯基说："我打算向诸位提出的空间和时间的观点，来源于实验物理学，而这就是它们的力量所在。这些观点是具有根本的变革性的。自今而后，空间和时间就其本身而论，将必然消退为不折不扣的阴影，而两者的一种结合才可能保持为独立的实体。"[1] 我们生活的空间，是一个四维空间。在我们生活的空间里，有前后、左右和上下三个方向，每一个方向叫作一维，用数学符号表示即为 X、Y、Z。这前后、左右和上下三个方向即三维，是相互联系、相互变化的，之所以这样，就在于其中间还存在着一维，即永远运动着的时间维，用数学符号 t 表示。我们在上一节里分析过，相对论诞生以前，人们的时间观是绝对的。时间是静止和孤立的。它和空间不发生任何关系。时间是时间，空间是空间，人们无须将两者结合起来思考。但对相对论来说，动钟变慢、动尺缩短……空间、时间和运动发生了必然的联系。空间和时间成了统一体。空间不再是一个空空荡荡的大容器，时间也不再是一条万古不变的长河。它们不仅与物理有关，而且和每一个人都有

---

[1] 转引自［美］J. 伯恩斯坦：《阿尔伯特·爱因斯坦》，高耕田译，科学出版社，1980，第104页。

关。你在运动，你就有你自己的空间尺度和时间标准。在四维空间里，孤立的某时某地发生的事件，没有任何价值，只有在相对于某一时空坐标系上发生的事件，才产生实际意义。这就是我们所面对着的多维空间。这就是当代人的多维空间意识。这种多维空间意识与上一个时期的绝对空间意识显然有着明显的区别。而两种不同的空间意识，无疑又决定了两类不同特征的作品。

每一个时代的作品有每一个时代作品的特征，而每一个时代作品的特征的不同，又总是与作者对他所处的那个时代的政治、文化、思维方式等等特征的理解紧密相关。这样，不同时代作者对空间的不同程度的理解和认识，自然就要在其作品中反映出来。我们当然不能要求以往时代作者的作品都符合当代人的空间认识水平（事实上，这种要求也是毫无意义的），但是以当代人的空间意识考察以往作品和当代作品的空间构成，找出其间的差异以及由此产生的各自的审美效果，无疑会使我们的创作朝着更加适合当代读者（儿童读者）的审美心理方向发展。

我打算分析以下两篇作品。一是收集整理并出版于19世纪初叶的格林童话《勇敢的小裁缝》，一是创作于20世纪中期的严文井的童话《"下次开船"港》。

先看《勇敢的小裁缝》。

这篇童话叙述了一个贫穷的小裁缝如何勇敢地打死了七只苍蝇，杀死了两个巨人，牵走了一只独角兽，捉住了一头野猪，吓退了卫兵，娶了国王的女儿，最后自己做了国王这样一个故事。它的故事情节是比较完整的。这篇作品写得非常实，除了作品中此地到彼地的"自然空间"外，作品几乎没有什么内在（本身）的空间结构。

这主要表现在：人物性格没有变化、发展；各场景、事件之间缺乏必然的联系，可有可无。

作品中 X、Y、Z 三个空间坐标只有机械的纵向变化，全然从属于交代故事，即在 t 这个时间坐标上被动地随情节移动。小裁缝的性格，在作品的开始（时间维 $t_0$）是勇敢，在作品的中间（时间维 $t_1$）是勇敢，在作品的结尾（时间维 $t_2$）还是勇敢。也就是说，时间维对小裁缝这个人物自身的存在是没有什么实际意义的。而在 X、Y、Z 三个空间坐标的联系上，作品中出现的场景、事件等让人感觉相互缺乏照应。比如作品中小裁缝杀死两个巨人之前，还曾与另一个地方的巨人打赌，最后把这个巨人吓跑。这一事件的出现与否，其实与整个作品的叙述程序并没有多少内在关系。它存在与否，既不影响故事的完整性，也不影响主人公小裁缝性格的发展变化，就连小裁缝自己叙述其勇敢经历的时候也把这个情节省略了。另外，小裁缝打死苍蝇、杀了巨人、牵走独角兽、捉住野猪等，也不是整个故事发展的必然次序，将这些场景、事件的前后相互置换，同样不会破坏情节的连续性。

再看《"下次开船"港》。

这篇童话写了一个叫唐小西的小男孩。唐小西十分贪玩，一玩起来就没个够。姐姐管他叫"玩不够"，他却认为根本不是什么玩得太多，而是玩得太少，玩起来老不痛快。后来唐小西到了"下次开船"港。在那里，他结识了灰老鼠、白瓷人、小熊、绒鸭子、木头人、橡皮狗、直肠子蛇、洋铁人、老面人、纸板公鸡和布娃娃等。再后来，唐小西变得十分珍惜时间了，他懂得了应该怎样去对待做功课和玩游戏。这是一篇很有特色的当代童话。如果从情节发展的角度看，这篇童话的整个故事是比较完整的。然而，作为当代童话作品，如果仅仅有故事性而没有作品所显示出的良好的空间结构，我想，恐怕就远远不能满足当代儿童读者的审美阅读心理了（关于儿童读者对于空间的心理需求问题，我将在本书的第四章进行专门论述）。《"下次开船"港》正是在空间意识上，显示出了它作为当代童话的鲜明艺术特征。

《"下次开船"港》的人物是一个发展变化着的、真实可信的人物。我在这里几次提到人物性格的发展变化，当然不是说只要人物是发展变化的就是好作品，而是说我们看一个人物的发展变化，要看他有没有合理性，也就是说有没有一个内在的逻辑发展轨迹。在《"下次开船"港》中，主人公唐小西处于时间维 $t_0$——作品开始的时候，他是一个十分淘气顽皮的孩子（比如他拆闹钟，给姐姐画漫画，故意把姐姐画得很难看），一点儿也不珍惜时间。唐小西处于时间维 $t_1$——作品中间的时候，他的思想发生了变化。到了时间维 $t_2$——作品结束的时候，唐小西变成了一个非常珍惜时间的人了。而这中间，唐小西的思想变化是由于他有一段到"下次开船"港的经历。因为在"下次开船"港里，"轮船的烟囱差不多都不冒烟。有一两只烟囱只冒了半截烟，可是那半截烟就像画片上的烟一样，老是那个样儿，不升上去，也不降下来。帆船也一样，多数都没有把帆升起来。有一两只船升起了帆，可又只升了一半，也是不上不下。"这里，一切都是"下次，下次"。更重要的是，这个"下次开船"港，险些要了唐小西自己和唐小西的好朋友布娃娃们的性命。在这里，我们显然可以感觉到空间意识对于塑造主人公形象起着一个什么样的作用。

从 X、Y、Z 三个空间坐标之间的联系上看，作品同样显示出了它的整体性。作品中的场景、事件的设置有着相互依存关系。比如作品将时间小人儿的第二次出现安排在白瓷人抓起空饼干桶"嗵嗵嗵，嗵嗵嗵"乱敲和唐小西想到敲钟吓退洋铁人之间，这显然不是随手设置的。因为离开了白瓷人抓起空饼干桶乱敲，就失去了时间小人儿出现的直接前提；而时间小人儿的第二次出现，如不与白瓷人的嗵嗵乱敲（洋铁人、白瓷人和灰老鼠对时间停止，抓住唐小西们的高兴）联系起来，那时间小人儿的又一次出现便无任何积极意义可言。又比如，作为"真人"的唐小西和作为"假人"的布娃娃们在一起时，你很难分清楚哪是真的，哪是假的，哪是虚的，哪是实的。童话中的一切发生是一个有机的整体。

从 X、Y、Z 三个空间坐标之间的联系看，作品的幻想得到了加强。比如唐小西到了"下次开船"港后，居然生出了一个奇怪的影子。这个影子"有点儿像老鼠，又有点儿像干瘦的老头儿"，他会说话，嘴上还长着胡子。这种极度的夸张其实是唐小西性格发展的必然结果。跟整个作品的情节变化和需要十分吻合。影子让唐小西更仔细地看清楚了自己。

从以上的分析不难看出，《"下次开船"港》的空间结构是比较完满的，这大概就是该作品为当代儿童读者乐于接受的缘故吧。

那么，作为当代的童话作者，又应该怎样获得并保持良好的空间意识呢？

## 二、当代童话作者的多维空间意识

### 创作主体的价值取向

文学创作是一种独特的掌握世界的方式。它具有很强的个体精神生产的特点。文学作品的产生离不开作者对生活的选择，也就是说，文学创作过程是作者与生活两者之间双向作用、双向交流的过程。文学不能没有生活，但生活本身并不直接决定文学。文学只有通过创作主体这个中介对客观生活的能动作用才可能产生。

然而，长期以来人们却受一种机械决定论的影响，认为什么样的生活将决定什么样的文学，作者于其间的作用不过是一个被动的语言符号的传递人而已。人们讲究的不是创作主体对生活的整个审美认识过程，而注意力往往集中在如何直接地反映生活，如何对作品进行理念拔高。这样的结果只可能产生一种既无个性，也无内涵，从而又无生命的文学。从理论上讲，谁也不愿承认自己有形而上学的思维特点，但是这种认识问题的方法恰恰具有形而上学的思维特点。抛开作者的主观能动性谈生活决定文学，实际上就是把生活看作是一个静止的、孤立的、机械的，缺乏与外界联系的封闭体。

我们在这里强调创作主体的能动作用，是说创作主体是有意识、有目的的，创作主体本身具有同化、超越客体的功能。而创作主体的这一功能的最终实现，取决于作者对生活的感受能力——作者的感受是非审美的感受还是审美的感受。非审美的感受不可能高于生活而超越客体存在，其作用下的作品只可能是一种平直浅露、没有艺术空间的生活照搬。而审美的感受，可以完成对客体的重新建构，以达到新的秩序，进入新的境界；其作用下的作品将拥有自己良好的艺术空间，从而也更准确、更深刻、更生动地反映客观生活。

人是社会生活中的一员。社会生活必然首先约束、限制和影响人，而后才有作为具体的作者去创作文学作品。不同作者不同的个性、气质、思维特点等，决定了他们各自不同的文学创作。因此说，在生活—作者—作品的关系中，创作主体的价值取向将是作品最后获得成功的关键。

关于这个问题，目前已经引起了不少人的关注，在此我就不做过多论述了。

**把握幻想过程中直觉这一特殊的表述方式**

艺术思维有自己的思维方式和思维特点。艺术思维是创作主体在特定的思维场（社会环境和创作心态）中，通过形象、理智、情感等要素之间的协和作用而产生的对对象的把握过程。就一个整体而言，它是创作主体与客观存在两者的有机统一。这就是说，从根本的思维结构看，艺术家的思维与科学家的思维并没有什么两样。不同之处只是在于，他们面对共同的表象世界的时候，一个站在终点用逻辑来表述，一个则回到起点用形象来说话。两者都有一个由起点到终点（或由终点回到起点）的思维程序，都有一个从现象到本质的自身认识和把握的过程。在这一过程中，谁都离不开具体形象。然而，也正是由于这个始终点的不同，使得艺术家往往更注意和选择现实生活中那些有别于它物、富有个性的对象。这样，照应于客体的思维方式也便因之而显出了自己发散式的特点。发散思维拒绝旧的答案，寻求新的方向，寻求新的发现，而这一切反映在艺术家身上，就表现为一种特别的洞察能力和直觉意识。艺术家面对丰富奇妙的现实生活，产生了强烈的创作冲动，这一冲动伴随着具体形象，由感知到表象（记忆中的具象系列），再由表象通过自由联想（幻想）进而引发主体内部潜在的艺术直觉。艺术思维的特点也就在这里。

由此，我们可以发现，艺术直觉的产生与幻想过程有着相当的依存关系。反过来说，真正符合创作规律的幻想，必然要引发艺术直觉。

这样，当我们考察幻想在我们的童话中所起的作用时，便不能不对艺术直觉予以特别的注意。正如我在第一章里所说，童话的幻想往往不需要眼前那个具体的"景"，往往省略一系列的中间环节，径直联想到某一事物的本质和结果。童话的幻想是一种在具体表现形态上省略知觉材料的幻想，实际上就是说，童话的幻想往往是通过艺术直觉的形式具体体现出来的。可以说，童话的幻想离不开艺术直觉，而艺术直觉又必然带来幻想的空间。

那么我们将如何把握幻想过程中直觉这一特殊的表述形态呢？

爱因斯坦曾经提出过一个著名的科学发现的图式（图1，见下页）。

1. $\varepsilon$（直接经验）是已知的。

2. A 是假设或者公理。由它们推出一定的结论来。

从心理状态来说，A 是以 $\varepsilon$ 为基础的，但是 A 同 $\varepsilon$ 之间不存在任何必然的逻辑联系，只有一个不是必然的、直觉的（心理的）联系，它不是必然的，是可以改变的。

3. 由 A 通过逻辑道路推导出各个个别的结论 S。S 可以假定是

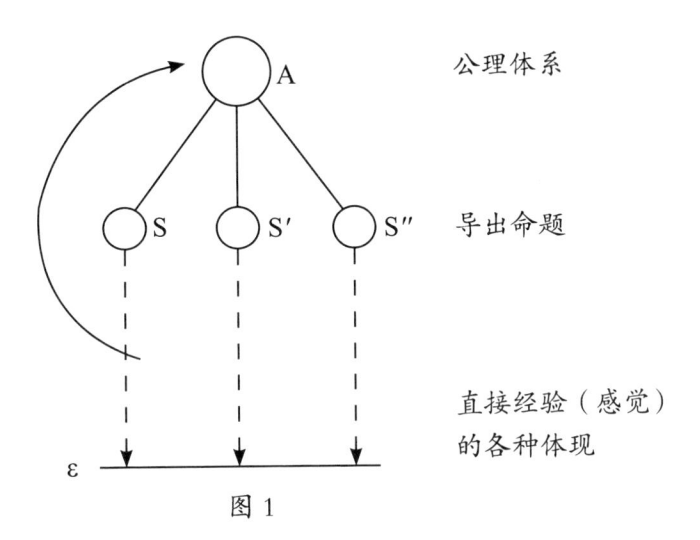

```
        A         公理体系
       /|\
      / | \
     S  S' S''    导出命题
     |  |  |
     ↓  ↓  ↓      直接经验（感觉）
     ε            的各种体现

图1
```

正确的。

4. S 可以同 ε 联系起来（用经验验证）。

这一步骤实际上也是属于超逻辑的（直觉的），因为 S 中出现的概念同直接经验 ε 之间不存在必然的逻辑联系。

但是 S 同 ε 之间的联系实际上比 A 同 ε 的关系要不确定得多，松弛得多（比如，狗的概念同对应的直接经验）。如果这种对应不能可靠无误地建立起来（虽然在逻辑上它是无法理解的），那么逻辑机器对于"理解直观"将毫无价值——这一切的中心问题就是思维领域同感官的直接经验之间永恒存在的问题的联系。[①]

这就是说，在爱因斯坦看来，重要的科学发现是逻辑和非逻辑的因素共同作用的结果。他认定，其中必有"超逻辑"的"直觉"存在。

---

① 参见《爱因斯坦文集》第1卷，商务印书馆，1976，第541~542页。

爱因斯坦这里虽然说的是科学发现，但艺术发现同样也有直觉的存在。因为逻辑思维和艺术思维的根本思维结构是相同的。正是在这个意义上，诗人兼学者的郭沫若才会在晚年动情地向科学家们说：不要让幻想被诗人们独占了。

应该说，艺术直觉首先是理性的。与科学发现一样，从 $\varepsilon$ 上升到 A，是直觉的作用，但这种上升，必须以丰富的背景知识为基础。艺术直觉是以多向性把握为其认识程序的。在认识过程中，任何认识方法只能为我们提供一个大致的方向性路线。因为人脑毕竟不是思维机器，输入怎样的程序，就得出怎样的结果。相反，人脑具有极大的变异性和灵活性。而艺术直觉的这种多向性，正好吻合了人脑的上述生理特性。艺术直觉不是单一方向的认识活动，而是向多维方向展开的网状认识活动。在同一时间内，它围绕着认识对象，使多组不同的想法沿着不同的方向发散，进而在其相互作用中产生意想不到的思路。当思维进程在一个方向遇到障碍时，艺术直觉能调动起主体内部多方面的知识积累，从另外的方向完成新的发现。

艺术直觉同时又是非理性的。这不仅表现为在其思维过程中始终伴随着幻想，因而决定了整个思维的跳跃、随意和无步骤性，更表现在情感体验对直觉的制约作用上。与科学认识活动一样，情感也是主体对客体反映的过程。它与认识过程不同的是，认识反映客观过程本身，而情感所反映的是主体与客体之间的关系，即客观过程对主体需要的满足程度。认识过程和情感体验过程，当然不是两个过程，而是在主体作用于客体之后发生的、两个既有联系又有区别的过程。但就情感体验过程本身而言，则是一种非理性的过程。

情感体验在艺术思维的每一个环节中都存在。艺术直觉当然也离不开情感体验。情感体验一方面维系着主体与客体，一方面又是主体思维诸要素之间产生综合效应的沟通者。没有主体独特的情感体验，就没有纷繁多样的表象活动，进而也就没有充满灵性的艺术直觉，最终也不会有作家对生活和自我的独特把握和发现。这是一个完整的动态系统。如果失落了独特的情感体验，主体的理性判断便会直接介入对现实生活的概括，从而导致作品的概念化、公式化和说教化。

情感体验本身也存在着一个对客体的选择过程。缪越陀里认为，"有些形象由于情感的缘故，对想象是直接地真实或近情近理的，正是这种形象应该满盛在诗人的宝库里。……当它受到某种情感的激发时，想象就把两个单纯的自然的形象结合在一起，使它们具有不同于呈现于感官的那种形状和性质……一个钟情人的想象，往往充满着这种形象，这些都是由所爱对象在他心中引起的。"[1] 这里的"所爱对象"的"情感的激发"，就创作主体言，艺术家是按照美的规律去同化生活、选择生活，最终创作作品的。鲍桑葵说得更直接。他说："美首先是一种创造，一种新的独特发现，使一种新的情感从而获得存在。"[2] 新颖、独特的情感体验来自主体对客体审美的选择，而新颖、独特的情感体验又必将带来幻想过程中的艺术直觉。真正的艺术家总是特别注意主体对客体的审美选择的。

当然，把握幻想过程中的艺术直觉，也还有一个横向借鉴的问

---

[1] 北京大学美学教研室编：《西方美学家论美和美感》，商务印书馆，1980，第92页。
[2] [英] 鲍桑葵：《美学三讲》，周煦良译，人民文学出版社，1965，第57页。

题。在这方面，我国古典文化中的禅宗思维方式可以为我们提供很有价值的参考。禅宗思维方式特别强调直觉体验、瞬间顿悟和心灵感应。禅宗对客观事物的考察讲究直观观察，不考虑客观性；而其主体联想又讲究非理性，讲究大幅度的跳跃。这就使得禅宗尤其重视主体内部的"悟道"。有学者认为："禅宗的'悟道'不是思辨的推理认识，而是个体的直觉体验。它不离现实生活，可以在日常经验中通过飞跃获'悟'，所以它是在感性自身中获得超越，既超越又不离感性；一方面它不同于一般的感性，因为它已是一种获得精神超越的感性。另一方面，它又不同于一般的精神超越，因为这种超越常常要求舍弃、脱离感性。"[1] 对于禅宗思维方式，或许还有待于进一步科学地梳理、论证和扬弃，但禅宗思维中不重逻辑推理，强调艺术直觉的特点，对于我们的文学创作（特别是那些幻想特质很重的创作）显然有着相当大的借鉴价值。

**从发生学的角度看待儿童**

我们的儿童文学常常在"深"与"浅"、"看得懂"与"看不懂"、"儿童化"与"成人化"等问题上纠缠不休。人们各执一端，似乎都有自己的某些理由，也似乎都可以指出对方的某些毛病。一味的"深"固然不好，但纯粹的"浅"同样不是真正的儿童文学。我想这里一个根本性的问题是我们应该从什么角度看待儿童。是把儿童看作静止、孤立、一成不变的，是把儿童干脆等同于成人，还是像本文所说的把儿童整个地看成是向成人发展的过程。我以为，如果我们能确立从发生学的角度看待儿童，那么不但上述许多争论将从根本上失去其立论依据，更重要的是我们的儿童文学作者将可

---

[1] 李泽厚：《中国古代思想史论》，人民出版社，1985，第207页。

以大胆、明确和真实地去把握实际社会生活中发展着的儿童，我们的儿童文学作品也将因之构筑起自己深广的艺术空间。

所谓从发生学角度看待儿童有两层含义：一是指作为类的儿童发展（这一点无论在理论上还是在实践中都更容易被人们忽略），一是指作为个体的儿童发展。

先看类的儿童发展。

同整个人类的发展一样，作为类的儿童也有一个自身发展的过程。在野蛮时期以前，儿童是不存在独立的人格的。当然，这与整个人类的发展有关系。在远古时代，人类刚刚脱离动物群，陌生而又多变的大自然常常直接主宰和威胁着人类的生存。面对这样一种巨大的异己力量的存在，人类必须以自己的力量去与大自然抗衡。然而由于生产力极其低下，生产资料又非常匮乏，人类所进行的这种抗衡往往是很简单、很原始的。比如凭借经验预测天象、气候，依靠体力捕鱼猎兽等等。但是由于这一经验和体力确实又使人类看到了自身的力量，于是人们便把经验和体力作为社会生活的评判标准。很显然，在这种评判标准之下，儿童是毫无地位可言的。他们既无经验，又缺乏体力，不可能获得社会的承认，因而也就不可能拥有自己独立的世界观和独立的人格。人类进入文明社会以后，由于生产力的提高，生产资料的逐渐积累，人类自身的生存环境得到了很大的改善，儿童开始得到社会的承认，儿童自身也得到了相应的进化、发展。这中间当然会因各地区文化发展的不平衡，而或多或少地制约影响着儿童自身的发展。比如中国，在被称为华夏文化摇篮地的黄河流域，由于黄河每隔几十年或几百年周期性的决堤泛滥，使得中华民族饱受大自然的侵害：这种先天的环境制约，极大地影响了中华传统文化的走向。人们在生活中,时时刻刻都要与大自然做不懈的抗争,充满了忧患意识,从而形成了中华传统文化的一大特点:重实际。正如鲁迅所说:"华土之民,先居黄河流域,颇乏天惠,其生也勤,故重实际而黜玄想。"[1]人们往往以眼前实惠的目光去看待一切,以服务于现实生活、保持现有关系的和谐稳定为目标,重视人际关系、反对冒险和创新作为一种普遍的社会人生态度,自然成人也以此原则要求儿童。人们重视儿童,教育他们孝忠上方,希望他们出人头地。但也往往因此又使儿童过早地离开童年,进入成年。西欧诸民族与中国的情况有些不一样。与中国相比,古希腊民族的发展似乎显得正常(顺利)一些,健全一些。由于他们有着良好的地理环境和自然条件,相对来说,他们无须时时刻刻用全部的精力去对付大自然的威胁。他们可以腾出相当的精力去做他们想做的事。比如创造他们绚丽多姿、具有"永恒的魅力"(马克思)的神话故事。我并不主张环境决定论,但我认为,环境对人类的发展确实起着相当大的作用。显然,在这样一种社会环境下,古希腊的儿童自然也就有了一个比较正常(顺利)的发展方向。

然而,无论各地区之间儿童发展得如何不平衡,就总的方面看,作为类的儿童,其发展总是由低级向高级、由单纯向复杂、由幼稚向成熟的方向发展的。

不要说相距千百年的儿童发展是这样,就是最近几十年的,我们也同样可以看出其间的发展变化。比如我国20世纪50年代的儿童与80年代的儿童就有所不同。50年代的儿童单一、纯朴,80年

---

[1]《鲁迅全集》第9卷,人民文学出版社,1973,第164页。

代的儿童早熟、复杂；50年代的儿童集体观念强，80年代的儿童自我意识突出；50年代的儿童待人诚恳，80年代的儿童讲究实惠。无论是生理发展、精神风貌，还是处世态度，50年代与80年代的儿童都有着明显的差异。我们有些童话作者由于缺乏发生论的观点，往往意识不到不同时代的儿童有着各自不同的特点，有些作者煞费苦心地试图在作品中塑造一个80年代的儿童形象，但事实上，作品中外在的现实生活关系有了，可人物内在的精神实质却始终属于五六十年代儿童的特征。人物的内在属性与人物的外在行动是分裂的。这样的作品且不说别的，单单它的合理性（真实基础）就令人质疑。有的作者爱借鉴民间童话的形式创作自己的作品，这本身是件好事。我一点儿也不反对童话作品的民族化，我很希望我国的童话界出这一路的大手笔。问题是以今人之手去处理旧有的童话材料，如果没有现代意识贯穿其间，这种改编（创作）的意义何在？创作童话毕竟不能等同于民间童话，否则创作童话完全可以不复存在。然而我们不少所谓具有"民间风味"的作品，除了里面的时间和地名标明是现代的外，作品中包括人物在内的一切东西全然是过去的。这不能不让人感到遗憾。可见，发生意识的缺乏将直接影响到作品的成功与失败。

再看个体的儿童发展。

皮亚杰在研究儿童心理时曾提出发生认识论的四个基本概念：图式、同化、顺应和平衡。图式指动作的结构，是人类认识事物的基础。婴儿最初的图式是一些本能动作，是遗传的。比如初生婴儿在吃奶时，把奶头同化到吸吮的图式之中，后在适应环境的过程中图式不断改变和复杂化。婴儿在吃奶时既看到母亲的形象，又听到母亲的声音，还接触到母亲怀抱的姿势等等，因而由最初遗传性的反射图式发展为各种图式的协调活动，儿童的心理水平随之不断提高。同化和顺应是个体适应环境的两种机能。在认识过程中，同化是个体把客体纳入主体的图式之中，这只能引起图式的量的变化；顺应是主体的图式不能同化客体，因而引起图式的质的变化，促进调整原有图式或创立新的图式。平衡则是指同化作用和顺应作用两种机能的平衡。儿童每遇到新事物，在认识过程中总是试用原有图式去同化，如获得成功，便得到暂时的认识上的平衡；反之，儿童便做出顺应，调整原有图式或创立新图式去同化新事物，直至达到认识上的新的平衡。这种新的平衡本身又成为另一较高水平的平衡运动的开始[①]。皮亚杰就是试图以这一认识结构去把握包括儿童在内的人的知识的发生与发展的。

在研究个体的儿童心理发展时，无论是国外还是国内，人们都非常明显地把儿童的心理发展划分为若干个阶段。国外如皮亚杰，他把儿童心理发展划分为四个阶段：感知阶段（0—2岁）；前运算阶段（2—7岁）；具体运算阶段（7—12岁）；形式运算阶段（12—15岁）。国内如朱智贤，他把儿童的心理发展划分为五个阶段：乳儿期阶段（0—1岁）；婴儿期阶段（1—3岁）；学前期阶段（3—7岁）；学龄初期阶段（7—12岁）；少年期阶段（12—15岁）。无论人们对儿童心理发展的具体分期有什么不同，但是有一点是一致的，即人们都十分清楚，个体的儿童发展有着明显的年龄阶段性。如果说在儿童的心理发展过程中，明显的年龄差异较容易被人们发现，那么在同一年龄段中儿童的心理发展似乎就显得不那么为人注意了。其

---

[①] 参见皮亚杰、英海尔德：《儿童心理学》，吴福元译，商务印书馆，1980。

实，只要细加考察，亦是不难发现的。比如，在儿童绘画能力发展的第一阶段（从个体发育过程来讲相当于"涂鸦期"），幼儿还不能完全控制自己的身体，也不能控制动作的协同性，因此也就不能获得精确的技巧。也就是说，在这一阶段里，儿童还不能如实地再现对象。然而，有一点很重要，孩子给他的涂画对象都起了名字。在成人看来歪歪扭扭、胡涂乱抹的形象却被孩子津津有味地称作"老爷爷""小妹妹""大树""河流"等等。这说明，孩子在努力使自己的涂画符合心理的发展，表明儿童思维的发展已由运动感觉开始朝想象的阶段转变。

儿童的心理发展有其自身的规律。它既需要内因（比如生理、遗传等）的动力，也需要外因（比如社会、环境、教育等）的动力，只有内外因两者的相互合力作用，才有儿童心理的真正发展，离开这两个方面的任何一方去谈儿童心理发展，都是片面的。

我们的儿童文学就有过这两方面的经验教训。

一方面，我们不能把儿童看作是纯生物意义上静止孤立的儿童。

现代儿童文学中有一种观点，认为儿童的精神生活本与原始人相似，因此产生的儿歌、童话不但内容形式多与原始人的文学相同，而且有许多还是原始社会的遗物，常含有野蛮或荒唐的思想。事实上，原始人与现代儿童在思维方式是有着根本区别的。在原始人那里，不管他们的意识中呈现出什么样的客体，它必定含着一些与之分不开的神秘属性；当原始人感知这些客体对象时，是从来不把这些客体与伴随客体的神秘属性分开来的。原始人的思维中有一种巨大的"神"的主宰力量。而儿童不然，儿童虽然在感知客体对象时与原始人有某些相似的地方，但儿童思维的主要特征则体现为一种人格化的倾向。在现代化的社会生活环境中，人类总体的知识积累必然要通过各种各样的途径影响、制约儿童的思维方式。片面地强调儿童的精神生活与原始人相似，忽略了儿童精神生活的现实性，从而也就否定了儿童心理发展中的社会属性。这种对儿童心理发展根本性问题的片面理解，会导致机械、绝对的儿童本位主义。置现实环境于不顾，一味地强调超时空、超社会的儿童心理，这种儿童本位论显然是不切实际的。在这种儿童本位论制约、影响下的儿童文学作品，自然也是很不全面、缺乏生活实感的。

一方面，我们又不能忽视儿童的生理属性，把儿童干脆看作是缩小的成人。

在心理学研究上，有的理论只讲外因作用而不讲发展（如英国的罗素），有的理论讲外因作用也讲发展（如联想心理学派），但它们都有一个共同的特点，就是都不讲内因作用。这种不讲内因作用的理论的毛病同样也是很明显的。外部的环境、教育当然对儿童心理的发展起着极其重要的作用。因为环境和教育规定了儿童心理发展的现实性。巴甫洛夫根据反射论的观点，指出环境和教育的影响在人的心理发展上起着决定性的作用。巴甫洛夫认为，人的行动不仅受神经系统的生来特性所制约，更重要的是个体存在的时间内已经受到的教育和正在受到的那些环境的影响。但是内部的遗传却是儿童心理发展的生物前提。遗传作为一种生物现象，它是先天的。比如机体的构造、形态、感官和神经系统等人的生物特征都是与生俱来的。一个生来就是全色盲的孩子，无论有什么样的后天影响，都无法辨别颜色，更无法成为画家。也就是说，外部的环境、教育对于儿童心理发展的作用总是通过儿童的活动，通过儿童心理发展的内部机制来实现的。在我国儿童文学创作中，只重视外部因素应该说是一种颇为普遍的现象（相比起来，它比前面所说的重内因、不重外因的情况要严重得多）。许多作者用成人的眼光去看儿童，把儿童看作是缩小的成人；生硬地把成人的题材移植到孩子身上，不选择方式地在作品中反映成人社会的重大事件。有的作者甚至认为，只有反映重大事件、敢于触及时弊，才能使儿童文学获得重大突破，才能创作鸿篇佳构。比如有的作者为了追求大效果，硬要让主人公（某种动物或人物）象征和充当小改革家的形象（角色）。有的作者认为，童话既然可以幻想，便不顾及起码的艺术规律，一会儿去幻想五讲四美，一会儿去幻想开放搞活，等等。这些内容不是不能反映，也不是反映这些内容就出不了好作品。问题在于，这些作者在创作时没能从根本上意识到，儿童的社会属性需要有一个特殊的生理机制作为前提（或许会有人不愿意承认这一点，但事实就是这样）。

重视发生论的研究，从发生学的角度看待儿童读者，将为我国儿童文学的发展在理论上提供重要的保证。

# 第三章 作品的空间构成

从作者的空间思维到作品的空间构成，这中间并没有一个绝对的分界线。作者、作品以及我们下一章将要讨论的读者，三者之间是一个有机统一体。我们前面考察作者的空间思维，实际上也是为本章作品的空间构成的讨论做必要的准备。因为作品是由作者创造的，没有作者良好的空间意识，就不可能有作品完整的空间构成。当然，作为同一个问题的不同方面，作品的空间构成有其自身的特征，而自身特征的不同又决定了人们对其考察的侧重点的不同。本章所要讨论的作品的空间构成，其侧重点在于：作者的空间究竟是通过怎样的形式在作品中具体体现出来的。这意味着，我们这里所讨论的空间问题都将围绕着作品来进行。既然我们的讨论将围绕着作品进行，那么，我们就有必要在讨论之前对作品的空间构成做一个相应的界定。

现实世界中存在的空间（我这里称之为自然空间）与作品中存

在的空间（我这里称之为艺术空间）两者之间，既有一定的联系，又有明显的区别。

艺术空间与自然空间两者之间有一定的联系。

从最初的艺术创造来看，艺术空间的形成首先取决于作者对自然空间的认识程度。混沌的空间意识产生混沌的艺术空间，平面的空间意识产生平面的艺术空间，绝对的空间意识产生绝对的艺术空间，同样，多维的空间意识产生多维的艺术空间。从最终的艺术效果看，艺术空间又必然要吻合自然空间的某些属性。比如《"下次开船"港》，作者让主人公唐小西从一开始处于正常的时空境地，忽而进入到一个一切都是"下次"、一切都是静止不变的时空境地，从而完成人物自身的转变，以及由此带来的一系列的发生过程。这一艺术空间中的发生过程，显然是符合自然空间中时间和空间的相互制约、相互依存的关系的。

艺术空间与自然空间两者之间的区别又是很明显的。

自然空间是人类共同拥有的自然存在。人们尽管可以用"维"的概念去认识它，但自然空间本身是没有形状的。自然空间只存在着空间的关系，不存在具体的空间实体。自然空间是自在的、无序的、抽象的。艺术空间则不同。与自然空间相比较，艺术空间最大的特点在于作者个体的再创造。就这个意义而言，艺术空间与自然空间应该说是两种完全不同的空间形式。艺术空间是人为的、有序的、具体的。在作品中，作者为了表达某个（人物或者事件）过程，必然要创造与这个过程相适应的艺术空间。也就是说，人物或者事件的先后次序、它们的关系、上下的安排，整个作品从初始到结尾的语言组织，需要作者精心地安排和设计。这中间有着强烈的个体创造意味。艺术空间是一个独立的、自足的、完整的体系。它不是自然空间的某个局部，也不是自然空间认识过程中的某一阶段。不论作品中的空间是混沌的、平面的、绝对的，还是多维的，它们都可以在其可能的各个方向上作延续发展，有着极大的可塑性。总体而言，任何作品，其空间的维数和连续特性始终有着充分保证。

总体意义上的艺术空间又是由个别的、具体作品的空间来体现的。这样，我们讨论艺术空间，就不能不涉及对个别的、具体作品空间构成问题的讨论。我把作品的空间构成分成若干个专题来讨论，其目的就在于从不同的角度把握艺术空间。当然，任何一个作品的空间形式都不是单一的。作为一个动态系统，作品的空间构成往往是一个有机整体。我这里对作品的空间构成作静态的抽样分析，只是出于讨论上的方便，别无他意。至于对作品艺术空间的总体把握，将在第五章中进行。

## 第一节　叙事内容的非时序化

在自然空间里，时间维不是一个单一的空间度量。它的存在，除了显示自身特殊的一维性外，更重要的是，它决定着上下、左右和前后三维之间的关系。同样，在艺术空间里，时间也从来不是一种孤立的存在。不论人们是否意识到时间的重要性，时间维对作品的制约、影响是始终存在的。比如，格林兄弟收集整理的民间童话《伶俐的汉斯》。这篇童话讲述的是主人公汉斯来往于自己家和未婚妻格特家之间所发生的事。第一次,汉斯去格特那里,从格特那里带回一枚针,他将针插在干草车上,妈妈说他真糊涂,应该插在袖子上。第二次,汉斯去格特那里,从格特那里带回一把刀,他将刀插在袖子上;妈妈说他真糊涂,应该把刀放到袋子里。第三次,汉斯去格特那里,从格特那里带回一只小山羊,他将山羊放到袋子里;妈妈说他真糊涂,山羊应用绳子拴着拖回。第四次,汉斯去格特那里,从格特那里带回一块肥肉,他把肥肉拴在绳子上拖着,结果让狗吃了;妈妈说他真糊涂,应该把肥肉顶在头上。第五次,汉斯去格特那里,从格特那里带回一头小牛,他将小牛顶在头上,结果小牛把汉斯的面孔踏坏了;妈妈说他真糊涂,应将小牛牵进饲草架旁。第六次,汉斯去格特那里,格特对汉斯说,"你把我带去吧",汉斯将格特带回,拴在饲草架旁;妈妈说他真糊涂,应该用"绵羊似的眼光"(西语成语"抛羊眼睛"即向女子讨好的意思)去亲切接待未婚妻。第七次,汉斯来到羊圈里,把所有绵羊的眼睛都挖出来,向格特脸上抛去。最后,格特气极了,挣断绳子跑了,再也不做汉斯的未婚妻了。——应该说这篇童话的故事还是完整的,人们也可以从中看出汉斯的呆笨。但这篇童话无论是情节的前后发展,还是人物之间的相互关系,都显得很平实,没有变化,一切都在通常的预料之中按部就班进行。造成这一结果的原因就在于作品缺乏时间维的积极参与。情节仅仅只是随着自然时间重复着同样的程序,人物亦仅仅只是随着自然时间循环着类同的关系。因为在整个作品的艺术空间里,如果没有时间维的积极参与,即使有自足的三维空间形式,也不可能有相互间的沟通;事件只能是静态的,事件的变化只能是孤立的变化;当然,人物性格的发展也很难有什么真正的发展。

时间维的制约、影响在任何作品中都是存在的，这个问题虽是我们这里讨论的起点，但不是我们讨论的中心议题，因为承认时间维的制约、影响毕竟不难，难的是我们应该怎样把握时间维的特征，以及时间维在整个艺术空间里具体的运用方式。

按照我的理解，时间维作为作品中必不可少的要素，它是客观自然时间与主观心理时间的有机统一。这是说，一方面像西方一些理论家将时间纯粹看作是作者的主观想象，完全避而不谈时间的客观性，是不现实的。因为首先，作者是现实生活中的一员，客观自然时间不可能不在作者头脑中留下印记并由此反映到作品中去。其次，即使作者想象中的时间本身没有任何意义，然而一旦作者将这个时间放置于自己创造的特定的语言环境之中，这个时间便不再是孤立的一维序列了。因为作品中事件的安排、情节的发展、人物的关系等等，都是作者精心安排的。特定的语境使一切形式都富有了意味——可以说，即使是一处败笔，也将带有失败的意味。另一方面，将时间完全等同于客观自然时间，同样也是没有根据的。这首先就存在着创作上的不现实性。因为严格地说，任何叙述都是事后的追述，作品是在一切关系全部结束之后才开始进行叙述的。作品中的时间是彼时彼地的客观自然时间之后，作者重新安排的时间。另外，绝对追求作品中的时间与客观自然时间的同步性也没有必要。如果这样，作家便失去了作为一个作家最可贵的品格：发现、组织和创造。一位作家之所以不同于一位科学家，其中最重要的区别就在于，作家是根据自己的感觉来面对生活、创造生活的，有着极强的主观能动性；而科学家则不能感情用事，他所遵循的原则是具体客观事实。科学家强调的是客观性。很显然，如果绝对地追求作品中的时间与客观自然时间的同步性，那么这样的作品就不再是文学，而只能是试验报告、诊治病历或航海日志什么的了。

　　作品中的时间是客观自然时间与主观心理时间的有机统一。这是说，创作者在吻合客观自然时间的前提下，按照自己的愿望组织、切割、安排时间，使之最大限度地体现作品的空间感。关于作品中的时间安排，清人王源在其《左传评》中曾有过深刻的阐述。他认为，"叙事之法，切不可前者前，中者中，后者后。若前者前之，中者中之，后者后之，则板耳。"一旦让作品中的时序变化，使"中者前之，后者前之，前者中之后之，使人观其首，乃身乃尾；观其身与尾，乃首乃身，如灵蛇腾雾，首尾都无定处，然后方能活泼也"。这里所谓"如灵蛇腾雾，首尾都无定处，然后方能活泼也"，说的正是时序打乱后，作品空间构成的崭新的审美格局。因为时间的安排意味着叙述的顺序，而叙述的顺序又体现着被叙述事件所处空间的位置，也就是说，时间的安排最终是一种空间结构的安排。

　　作品的时间是客观自然时间与主观心理时间的有机统一，还在于具体作品中的时间可以是千变万化，但作品最后的效果须符合客观自然时间的总体趋向。从接受者方面来说，就是使读者以自身的经验，从作者的时间切割中悟出某种带根本性的方向来，在对客体的审美活动中获得更多的阅读上的自由。

　　一般来说，作者为创造作品的艺术空间，总是特别注意对叙事内容做非时序的安排的。根据我的观察，童话作品叙事内容的非时序化至少有如下一些形式。

**时间的大跨度顺向发展**

作品中的时间是按顺时针方向发展的,但时间的跨度非常大。这个时间跨度可以是十年、百年,也可以是千年、万年,甚至上亿年。比如宗璞的《总鳍鱼的故事》,其时间跨度达三亿多年。这篇作品前半部分发生在中生代泥盆纪,后半部分则发生在20世纪50年代初期。童话的内容正如题目所示,是关于总鳍鱼的两个分支真掌和矛尾的故事。故事前半部分写真掌和矛尾在大海里的生活,真掌坚持锻炼,老老实实地在泥河上练爬;矛尾不愿自找苦吃,以游代爬。当大自然剧烈变化、海洋大面积急速退缩时,这两个堂兄妹分道扬镳了。真掌登陆成功,一个从海洋来的生命完成了征服陆地的伟大历程;而矛尾只能继续留在海里,失去了决定性的一次生命进化。后半部分讲真掌登陆成功,发展成为两栖动物,经过漫长而艰难的历程,两栖动物又发展成为高级脊椎动物,发展成人。而矛尾除了身体变大了一些,一切都和从前一样,成了人类的活化石。人们将矛尾从海里捕来送到研究机构,当矛尾听到鱼类学家说真掌最终变成了人,而自己依然如故时,它不声不响了。故事的结尾,在展览会上,小朋友问他这个堂兄弟是不是不好意思时,矛尾更是"悲哀地望着海藻,没有回答"。这就是作者述说的整个故事。作品在真掌和矛尾诀别的时刻有过这样一段描述:"真掌费力地掉转身子。矛尾从拥挤的鱼群中伸出头来,他们两个对望着,在亿万年的历史中,几秒钟是太短暂了,太微不足道了,可这是多么重要的几秒钟啊!既然道路不同,就分手吧。"这种对时间观念的深刻认识,不仅使作者生命进化的哲学思想获得了升华,而且作者对时间观念认识的本身,又为作品构筑起了一个精美的空间结构。整个作品就是在这种时间的大跨度顺向发展中进行并完成的。

**时间的逆向发展**

为了制造空间效果,有时作者又使时间倒流,让作品中的时间与现实中的时间形成反差。这有两种情况。一种是时间中套时间,也即人们常说的故事中套故事。比如严文井的《南南和胡子伯伯》。作品开始写南南遇到过一个奇怪的好老人胡子伯伯,他和胡子伯伯在一起非常有意思,非常快乐。接着写南南怎样遇到胡子伯伯:一天晚上南南醒后望着月亮出神,蛾子和蝙蝠把他带到了胡子伯伯那里,南南从未见到长这么多这么长胡子的人,觉得很奇怪。接着胡子伯伯又讲了自己胡子的来历:从前有个小孩,在喜鹊的带领下来到了快乐谷,在快乐谷碰到了巨人。由于这个小孩专门欺负小鸟,专门戏弄狗和猫,很顽皮,巨人就命令他磨很多很多的麦子。因为麦子太多了,所以他磨完麦子就长出了大胡子。这个人就是胡子伯伯自己。接着又写胡子伯伯带南南到快乐谷去看戏,南南又被邀请上台演胡子伯伯。再后来,南南梦醒了,发现自己仍旧睡在小床上。作品就这样大故事套小故事,小故事又套更小的故事,环环紧扣;时间从"现在"一次又一次地逆向向"过去"发展,从而构筑起整个故事的框架。另一种情况是作品中时间直接作逆向发展。比如郑渊洁的《鼠王偷时间》。鼠王为了长生不老,决定把自己的时间减少为每天零小时,于是,鼠王的闹钟停止了运转。他成了世界上第一只不长岁数的鼠王。可这样一来,自己不能过生日了,不过生日,鼠民们就不给他送生日礼物了。鼠王又将自己闹钟的时间往回拨,使自己倒着过日子,这样,鼠王减少一岁时过上了生日,又得到了鼠民们的贡品。可是,在庆祝自己零岁大寿时,鼠王却死了——鼠王实在太老了。这样，作品便充分地利用了时间逆顺的反差，制造出了作品的空间效果。

**两种不同时间交织进行**

作品中出现的两种时间不是同步发展的，而是相互制约、异步发展的。比如周基亭的《哈，飞起来的那只球……》。这篇童话分"深夜里的不速之客""'留神'电影院"和"哈，飞起来的那只球……"三个部分，三个部分始终都贯穿着两个时间，一个时间是作者的叙述时间，一个时间是作品中主人公"作家"的时间。在第一部分中，作品中的"作家"在说着他的故事："有一支小足球队，队员全是十来岁的小家伙，他们在弄堂里摆开了阵势……"而同时，作品外的作者又说着"作家"的故事："他点燃了一支烟，深深地吸了一口，迅速地在稿纸上写着……"作品中的"作家"继续写："穿背心的孩子组成了一队……"作品外的作者接着说："大楼里的人全睡觉了，只有这位'作家'的屋子里还亮着灯……"在第二部分中，"留神"影业公司的导演采用了当今世界先进的电影技术，将"作家"正在写的大作《小足球队奇遇记》通过电子信息处理拍成了电影，正请"作家"参加首映式。正片放映之前放的是有关"作家"活动的副片。影片中，一个儿童文学座谈会的场面；影片外，"作家"在琢磨这是哪一次会。影片中，"作家"漫不经心地听人发言，一个劲儿地嗑瓜子；影片外，小朋友在笑。第三部分，正片开始。影片中，小胖子出现了；影片外，孩子们先是乏味地交头接耳，继而呼呼大睡。影片中，小胖子朝玻璃窗起脚劲射；影片外，孩子们大叫"老一套，真没劲！"整个作品都是在两种时间交织中进行的。这两种时间交织进行，给作品带来的最明显的艺术效果，就是作品空间感的增强。

**时间的凝固、压缩**

作品里，进行着的时间忽然凝固不动了，正常的时间被压缩了。比如严文井的《"下次开船"港》。这篇作品我在前面曾有过详细分析，这里无须更多的介绍，只作一二提示。作品开始的时候，唐小西做作业、画漫画、拆闹钟，时间是正常发展的。后来唐小西到了"下次开船"港，一切都变了，烟囱不冒烟了、云彩不飘了、海水不动了、花苞不开放了，没有早上，也没有晚上，一切都是"下次"。正常的时间被压缩了，进行着的时间忽然凝固不动了。作者非时序化的安排使得作品中原有事件的空间位置发生了变化。时间的凝固、压缩造成了作品新的空间效果。

当然，这几种形式并不是绝对的。有的作品可能只采用一种形式，有的作品可能同时采用两种甚至多种形式，有的作品某种形式多一些，某种形式又少一些。这都得具体情况具体分析。

## 第二节 作品的运动感

运动感作为儿童文学的一个重要特征，具有自己完整的美学内涵。我曾就这个问题进行过专门论述[1]。但从另外一个角度看，作品的运动感往往又直接转化为作品的空间效果，也就是说运动感是作品空间构成的一种手段。

---

[1] 孙建江:《在运动中产生美——兼论儿童文学的美感效应》，浙江师范大学学报，1986年"儿童文学研究专辑"。

运动感之所以是作品空间构成的一种手段，并不仅仅由于运动本身是一个流动的过程，同时还在于运动作为一个完整的流动过程，总是与作品情节的发展、结构的形成等等因素联系在一起的。从文本意义上说，运动感的存在，首先外化为作品的情节发展、结构形成等变化进行着的形式。运动需要一个在时间中进展的基础。

自然，运动必须是经过作者精心组织、恰当安排的运动，是有序的运动。运动一旦与具体形式发生了作用，便具有了总体上的方向性和目的性。正如一个长时间保持不变的声音不可能产生节奏一样，平铺直叙、不讲究变化的作品同样不可能有什么真正的运动，也无所谓作品的空间构成。荷迦兹说，"没有组织的变化，没有设计的变化，就是混乱、就是丑陋。"[1]

我们可以从以下几个方面来看童话的运动特质是通过怎样自觉的形式来制造作品的空间效果的。

**人物关系的层层深入**

任何一篇童话作品，人物（包括拟人化了的动、植物）都是一个必不可少的要素，而且人物的变化和由人物变化形成的人物关系又必然体现为情节发展。一方面，情节是人物之间各种关系的表现。因为一个人物的性格总是在人与人（人与物）的关系中形成的。这就是说，人物的性格制约着情节的发展，情节不能离开人物性格想当然地去编织；反过来，人物性格又需要通过情节来反映，离开了情节，人物的性格将很难有真正的发展。比如宗璞《总鳍鱼的故事》中的真掌和矛尾，他俩的性格是迥然不同的，一个坚定、顽强、踏踏实实、百折不挠；一个轻佻、软弱、华而不实、胆小谨慎。

---

[1]［英］荷迦兹:《美的分析》,《古典文艺理论译丛》1963 年第 5 期。

正是这两种性格，决定了他们在大自然的剧烈变化中最终分手，走上各自的道路。真掌和矛尾的性格制约着情节的发展，同时真掌和矛尾各自的性格又在相互的关系中丰富、形成。另一方面，情节又是人物之间各种关系的必然结果。因为不同关系有着不同的特征，不同的特征又导致不同的结果。如果《总鳍鱼的故事》仅仅满足于叙述真掌和矛尾的表面的异同，满足于情节的一般顺序，而忽略特定的关系（比如海洋大面积急速退缩等），那么整个作品将是另一种结果——一种平缓的、缺乏运动、缺乏空间感的结果。

利用人物关系的层层深入来制造空间效果，有两种具体情况。一种情况是人物与人物（包括拟人化了的有生命物）关系的层层深入。比如保加利亚作家埃林·彼林的童话《扬·比比扬历险记》。这篇童话的故事情节始终围绕着顽皮绝顶的孩子扬·比比扬与作恶多端的魔鬼之间的关系进行的。扬·比比扬与小魔鬼阿嘘交上了朋友，他们能交上朋友是因为他们一个比一个更会捣蛋。可是阿嘘渐渐地对扬·比比扬不满意了，原因是扬·比比扬每晚总要偷一个面包送给父母。老魔鬼嘘嘘卡与儿子阿嘘合谋将扬·比比扬"发善心的脑袋换成了泥巴脑袋"。阿嘘诱骗扬·比比扬到了魔鬼王国，途中扬·比比扬扭下了阿嘘的尾巴。扬·比比扬决心找回自己的脑袋。扬·比比扬与大魔法师米里莱莱以及米里莱莱手下的总管柳柳、米里莱莱的妻子、魔鬼国的臣民小矮人们进行了勇敢的斗争，终于重返人间，找回了自己失去的脑袋。这里，扬·比比扬与魔鬼们之间的关系是一步步展开、环环紧扣的。没有扬·比比扬的顽皮，便没有扬·比比扬与小魔鬼交上朋友；没有两人结交成朋友，魔鬼父子就不知道扬·比比扬还有善的一面，就不会将他的脑袋换掉；扬·比比扬不被换掉脑袋，就不会去找脑袋；不找脑袋，就不会来到魔鬼王国；不来到魔鬼王国，就看不到魔鬼们的罪恶；看不到魔鬼们的罪恶，就不会有扬·比比扬跟魔鬼们的勇敢斗争，最终重返人间，找回自己的脑袋。这样，整个历险过程便通过情节的不停变化，造成了一种空间的效果。另一种情况是，人物与自然物（未拟人化的无生命物）关系的层层深入。比如洪汛涛的《神笔马良》。任何时代的文学都不可能是凭空产生的，它都存在着一个自身的发展轨迹，都存在着一个对以往文学形式的借鉴、吸收、扬弃的过程。童话的创作当然也不例外。《神笔马良》就是一篇充分吸收民间故事长处，同时又显示作者艺术个性的作品。以往的民间故事常常出现一种宝物，主人公在紧要关头依靠这些宝物总能化险为夷，获得成功。于是，人们便总是期待着宝物的出现。而这种期待在不少作品中，往往寄希望于"偶然"。《神笔马良》也出现了一件宝物，这就是"神笔"。但神笔的出现却有着生活内在的逻辑性——神笔是主人公马良"每天用心苦练"而来的，神笔的出现是符合勤劳、聪明的孩子马良的希望和理想的合理性产物。民间故事中宝物往往是偶尔出现的。《神笔马良》却不同，神笔不仅在马良关键的时刻起了作用，而且整个作品自始至终都是围绕着神笔展开的。就是说，神笔在这里已和整个故事情节融为了一体，它不再是一个可有可无、外加的、游离于主人公之外的点缀品了。神笔和主人公马良之间的关系的层层深入构成了整个作品的空间框架。作品先写穷孩子马良如何喜爱画画，想得到一支笔；又写马良如何以树枝代笔在沙地上练画，以草根代笔在岸石上练画，以木炭代笔在窑壁上练画；再写马良如何从白胡子老爷爷那儿得到神笔。然后是财主嫉妒马良的神笔，马良如何保护神笔；接着写马良如何使用神笔捉弄皇帝，与皇帝作对。最后写马良和神笔的种种去向。这样，作品便通过"盼笔""练笔""获笔""护笔""用笔""续笔"这六个层次步步展开，形成一种有序的运动过程，从而使作品获得了有规则的空间形式。

**地理位置的不断变化**

如果说，人物关系的层层深入形成的是一种纵向的空间感，那么地理位置不停变化的作用则是横向的空间效果。作为问题的另一面，情节的丰富往往是通过作品中地理位置的不断变化来达到的，因为地理位置的不断变化可以造成作品的悬念性。当然，并不是任何情节都具有悬念性的。一个平铺直叙、有头有尾的故事，它可以拥有情节，但却不可能具有悬念。孩子们喜欢看"探险记""漫游记""奇遇记"一类故事情节很强的作品，这中间一个重要原因就在于作品地理位置的不断变化造成的悬念性。当读者的阅读随着情节的发展步步深入时，作品组织情节变化的人物关系突然陷入了异常（陌生）的境地，尽管这时故事还在进行，但这一人物关系却紧紧调动着读者的心绪，而只有到这一人物关系又峰回路转、化险为夷的时候，读者才为之释然。就作品来说，这个悬念好像是山峰与峡谷之间的关系，情节的发展则是从山峰到峡谷，又从峡谷到另一座山峰的过程。这样，情节的发展就呈现出一种曲线形的运动。从结构上看，悬念性是一个环状结构，因为尽管作品的情节发展时而急时而缓、时而露时而隐，但其最初的亮相必然要得到末了的照应，也就是说，作品必然要出现一次或几次重复。当然这不是简单的重复，而是一种递进意义上的、螺旋形的重复。这也是情节发展中为什么会出现一个个高潮的原因（这本身就显示出了一种空间感）。自然，悬念性所显示的下一个关系须是人们感兴趣和需要的关系，而这一切又必须是暗示性、诱导性的，不能是目的本身，这就决定了作品陌生环境不断介入对原有关系势必起着积极的协调作用，因为对于讲究故事情节的小品来说，地理位置的变化意味着情节的发展，而情节的发展又需要陌生环境作诱导。环境制约着情节发展，情节发展又反过来改变着环境。作品正是从这种相互协调的起伏运动中获得自己的空间感的。比如周锐的《特别通行证》。布丁总统别出心裁地搞了一次随便猜大奖赛，一个叫可可的孩子得了第一名，他因此得到了一张由布丁总统亲自签署的"特别通行证"。因为有了这张特别通行证，可可开始了他的"任何人都没听说过的经历"。可可首先来到了糖果厂，在糖果厂碰到了可以白吃糖的糖纸印刷厂厂长。而后可可来到电台，通过广播把全城的孩子都集合到了印刷厂，让孩子们一起动手印一张玩的日子，"制造"星期天。可可来到医院体验三心切除滋味。可可又来到电影厂，结识了著名的化妆师鸡变鸭，鸡变鸭把可可化装成爸爸，使可可从妈妈那儿又重新取回了特别通行证。可可来到"第一词典"出版社，发表高见。可可来到白蚁防治所发现白蚁专干坏事，于是决心让白蚁做好事，他让白蚁啃木板创作版画。可可来到监狱，用增加做作业的办法替警察破了案。可可来到宇航局，冒充专家给宇航员讲课。可可来到码头，"咳嗽香烟"正在装船，他把这事告诉了布丁总统，总统下令用咳嗽香烟去熏蚊子岛上的蚊子……作品中，可可每到一个新的地方就要发生一件事，每一个陌生环境的出现都预示着一种新的悬念的产生，而每件事的发生都与贯穿全篇的"特别通行证"有

## 第三章　作品的空间构成

关。从整个的情节发展看，这就形成了一种起伏的运动，作品也正是在这种起伏的运动中获得其自身的空间感的。

运动除了有以上明显的外部运动外，还有隐逸的内部运动。

内部运动不像外部运动那样讲究宏观的空间形式。内部运动注重的是内在的空间效果，注重的是"动"与"静"相互作用后产生的空间效果。内部运动常常是通过人物的心理描写、心理刻画来完成的。我们试看张天翼的《宝葫芦的秘密》。这部童话人物的心理活动很多，可以说，在长达41章的叙述中，每一章都有人物心理活动的描写。一般来说，孩子是不喜欢过长的心理描写的，因为心理描写缺乏一种外部的直接运动。孤立地看《宝葫芦的秘密》的心理描写也是不具备运动特质的，但张天翼却非常巧妙地将他笔下的心理描写穿插置放于起伏运动的过程中，使局部的"静"转化为整体的"动"。如在第十章里，不会钓鱼的王葆因为有了宝葫芦，自己也不知怎么回事就钓了一桶鱼。钓鱼专家郑小登发现后一个劲儿地夸王葆，王葆竟点头认可，可脸上却越来越发烫。这时作者插入了王葆的心理活动，"我不得不承认：我这一回的确吹了牛，破天荒。难道我以前从来没有过这样的行为吗？那也不然。要是仔细考究起来，以前可能有过，尤其是在我小时候。可是那时候只是因为我不懂事，不知不觉就吹了出来的。都不像这一回——这一回简直成了那个。因此我觉着怪别扭的。"又如在第三十三章里，王葆考试考不出，宝葫芦又替王葆做好了答题，可是试卷上写的都是苏鸣凤（他坐在王葆前面一个位子）的字，而苏鸣凤答好了的试卷一下子不见了。刘先生和同学们都觉着奇怪，要问王葆。王葆又紧张又惭愧。这时作者插入了王葆的心理活动："什么？问我？那我可怎么知道!"大家问王葆拿别人的卷子冒充自己的就不怕别人认出?问王葆当时怎么想。这时王葆的心理活动是"什么?我当时怎么个想法?那我可怎么知道!"很显然,这几处人物心理的描写都是在情节发展到高潮,也即外部直接运动剧烈起伏变化时插入的。乍看上去作者似乎在写静,其实在写动,因为这时的静已成了外部的动必需的补充和衔接,外部的动无法离开静去达到自己的高潮。动和静在这里生成了一个新的运动过程。静的描述转化成了动的效果,静态的美转化成了动态的美。这样就达到了莱辛所说的那种"化美为媚"的艺术效果。莱辛说:"诗想在描绘物体美时能和艺术争胜,还可用另一种方法,那就是化美为媚。媚就是动态中的美,……在诗里,媚却保持住它的本色,它是一种一纵即逝而却令人百看不厌的美。它是飘来忽去的。因为我们回忆一种动态,比起回忆一种单纯的形状或颜色,一般要容易得多,也生动得多,所以在这一点上,媚比起美来,所产生的效果更强烈。"[1]内部运动作为一种制造作品空间的手段,也正是在这里显出了自身的力量。

## 第三节　作品的间隔化

瑞士心理学家兼美学家布洛曾在他的论著《心理距离》中提出了著名的"距离说"。他认为距离是一种审美原则。布洛不同意把美感等同于快感的理论。按照他的观点,快感仅仅是一种单纯的适意,而美感则超出了审美主客体利害关系的狭隘范围。审美经验是

---

[1][德]莱辛:《拉奥孔》,朱光潜译,人民文学出版社,1979,第121页。

排除从利害关系上去观照事物的经验。他说:"距离说却提供一种运用简单而意义深远的区别:适意是一种无距离的快感。美,最广义的审美价值,没有距离的间隔就不可能成立。"① 这里的"距离的间隔",正是美感产生的一个前提。或许布劳的理论还不能解释所有的审美现象,但他的"距离说"理论有合理的内核这是无疑的②。因为"距离"作为一种心理感觉,它的存在取决于审美主客体之间的关系,它并不是物理意义上的实际距离。这就是说,审美上的距离是有节制的距离。距离既不能太近,也不能太远。距离太近,审美主客体合二为一,直接导致"距离"的消失,阻止了美感经验的产生;距离太远,审美主客体脱离了关系,对特定的审美场来说,距离同样是不存在的,也产生不了美感经验。

布劳的"距离说"有合理的内核,还在于作为一种审美的原则,距离在审美关系中造成的是一种间隔,而间隔最直接的表现形态则是空间感,美感是通过空间感的转化之后产生的。这就与我们讨论的作品的空间构成取得了某种吻合。也就是说,"距离说"与我们由间隔化进入作品的空间构成在出发点上是一致的。

当然,出发点的一致并不等于具体考察过程的相同。且不说从总体上讲,适当距离造成的间隔化要受到客体提供的条件和主体认识的条件的限制,仅就个体的审美经验言,间隔化的造成也是因人而异,因事而异的。"距离说"并没有为我们提供现成的答案。

就我们这里考察的实际情况来说,作品的间隔化,我以为要注

---

① 北京大学哲学系美学教研室编:《西方美学家论美和美感》,商务印书馆,1980,第278页。
② 关于布劳的心理距离说,朱狄在他的著作《当代西方美学》(人民出版社1984年版)第三章第六节中有过分析评介。

意的主要是两个方面,即作品与现实之间的间隔化和作品本身的间隔化。

**作品与现实之间的间隔化**

首先,我想有必要说明一下,作品与现实生活之间的间隔化和文学创作脱离现实生活完全是两码事。文学创作脱离现实生活,是指作者拒绝从现实生活中获得创作材料,它不承认客体对主体的作用,只注重作家的主观想象。作品与现实之间的间隔化,首先是承认客观对象对主体的制约作用。因为我们所说的"间隔化",也即"适当的距离"。既然是"适当的距离",就包含着创作主客体之间的关系,因为距离是因双方之间的关系而存在的,没有现实生活作为客体就无所谓"间隔化"。作品与现实生活之间的间隔化和文学创作脱离现实生活两者的前提就不一样。作品与现实生活之间的间隔化的前提是,要反映现实生活,强调的是主客体之间的关系;而文学创作脱离现实生活的前提是,不反映现实生活,关心的是主体的随意性。所以我说,作品与现实生活之间的间隔化和文学创作脱离现实生活完全是两码事。

作品与现实生活之间所以要间隔化,是因为从作品的产生来说,文学创作本身是一种创造性的精神活动。创造意味着作者在从事一种新的活动,在表现一种新的感受,这就决定了作者创作出来的作品与现实生活之间必然有一定的间隔,否则便无所谓创造。从作品的效果看,间隔化带来的是作品的空间感,而作品的空间又是读者整个美感经验产生的一个重要的中间环节。因为美感经验产生于审美者与审美对象相互作用之后,作品的艺术空间恰恰为审美者与审美对象的这种相互作用提供了条件。许多童话作品之所以不能给人以美感，就在于这些作品缺乏起码的艺术空间，作者在创作时十分不注意作品与现实生活之间的间隔化。文学创作不应该是生活的复制，不能照搬生活、图解生活。文学创作不应该以作品表面的功利主义去牺牲作品内在的美学意蕴。比如现在社会上独生子女教育问题突出，很多作者就大写这方面的作品。有一篇童话作品，写喜鹊妈妈非常宠爱她的独生子小喜鹊，结果把小喜鹊宠坏了。小喜鹊被宠坏之后，挑食，不肯做家务，也不肯好好学习。一次，喜鹊妈妈生病住进医院，小喜鹊独自生活，饿了肚皮，吃足苦头，后来他意识到自己错了，就改正了错误，变成了一个爱学习、爱劳动、不挑食的好孩子。像这样的作品，除了把生活中的人换成喜鹊，哪里谈得上什么"创造"？自然，更谈不上由间隔化而产生的审美感受了。当然，如果一味地、不顾现实对象地追求"距离"，势必又造成间隔化的消失，作品的现实性同样无法实现。我们曾经提到过的童话《慧眼》，从表面上看现实性是很强的。小主人公周邦骄傲自满，慧眼失去了原来神奇的作用，于是周邦被地主和懒汉欺骗、利用。经过父亲的教育和大伙儿的帮助，周邦的双眼又恢复了从前的功能，又成了慧眼。然而，由于作者在作品中的主观随意性太强，没有顾及现实对象，一味地把人物神奇化，使作品与现实之间的距离拉大到了相互脱节，这就使得作品的现实性同样失去了作用。因为读者首先就无从在作品中获得审美上的愉悦。

**作品本身的间隔化**

上面我们对作品与现实之间的间隔化问题进行了分析，事实上又必然要进一步引出我们对作品本身间隔化问题的考察。因为作品的产生是一个过程，作品的间隔化总是以作品本身结构上的间隔化为形式而最后稳定下来的。换句话说，作品本身的间隔化，作为作品产生的整个过程中的最后形式，它总是最直接、最根本地体现着作品的空间感的。我们不妨以冰波的《秋千，秋千……》作为例证。这篇童话写这样一个故事：小兔白白一生下来眼睛就失明了，她什么也看不见。兔妈妈很爱自己的女儿。山里的猴哥哥也很爱白白，他每天都要来看望白白。兔妈妈给白白和猴哥哥讲荡秋千的故事。白白从来没有荡过秋千，心里很难过。白白天天想秋千，想得生了病。猴哥哥决心要让白白荡上秋千，猴哥哥来到一棵大松树下，他纵身一跃，攀住了横卧的树枝，再用两脚钩住旁边的树枝，脸朝着天。猴哥哥用自己的身体做成了秋千。白白什么也看不见，她坐在猴哥哥用身体做成的秋千上面开心地摇荡，并在这秋千上睡着了。妈妈抱下睡着的白白，望着猴哥哥，眼睛里涌出了感激的泪水。猴哥哥太吃力了，他躺在草地上，望着蓝蓝的天。这就是整个故事的情节。显见，这篇童话的故事情节并不曲折，作品也没有过多的夸张和变形。但是作品却表现出了自己良好的艺术空间。这中间的一个重要原因，就在于作者十分巧妙地在作品中运用了间隔化的手法。在整个作品中，当小兔白白天真、快乐地说白色的花最好看时，兔妈妈想起了从前。作品出现了这样的段落："秋千，从高高的树上挂下来。荡呀，荡呀，荡出一条白色的圆弧。"当兔妈妈告诉白白自己在想秋千而白白却不知道什么叫秋千时，作品出现了这样的段落："秋千，它从高高的树上挂下来。你坐上去，荡呀，荡呀，越荡越高。好像要摸到星星了，好像真要摸到月亮了……"当白白听猴哥哥说自己身上的毛真的像白云一样白，便一遍又一遍摸着自己身上的毛。作品出现了这样的段落："蓝天里，有一只小白兔坐在秋千里，荡呀，荡呀，摸到了白云。"当兔妈妈告诉白白，荡秋千时风会把身上的毛吹得飘起来，白白呼呼地吹着自己身上的毛。作品出现了这样的段落："秋千悠悠地荡，风儿轻拂起雪白的毛。"当白白说，要是她有明亮的眼睛，她不荡秋千，就看一下，只看一下。白白说得很轻，可是兔妈妈和猴哥哥都听到了。作品出现了这样的段落："秋千，秋千，风，会在耳边呼呼地响吗？荡得那么高，会变成一缕白的云，留在天上吗？秋千，秋千……"当白白病了，白白躺在床上。白白的身体滚烫滚烫，发着烧。作品出现了这样的段落："秋千，秋千，你在哪儿呀？"当白白说她在梦里荡过秋千了，兔妈妈伤心地抹着眼泪，猴哥哥一阵鼻子发酸。作品出现了这样的段落："那冰凉的星星，那火热的月亮，你们还在吗？梦醒了，秋千就没有了。"当猴哥哥用自己的身体做成秋千，兔妈妈把白白抱到猴哥哥的肚子上。白白感到就要荡秋千了，就要荡真的秋千了。作品出现了这样的段落："一朵小小的白云，就要飘起来了。秋千，原来是这样的温暖。"当白白坐在猴哥哥肚子上，一下，一下，荡起了"秋千"。作品出现了这样的段落："秋千，带来神秘和幻想的秋千啊……"当白白荡秋千开心地笑着，猴哥哥却手很痛，头很晕。作品出现了这样的段落："秋千呀，再荡一下，再荡一下……"当作品的最后，兔妈妈从猴哥哥身上抱下睡着了的白白，流着眼泪，感激地望着猴哥哥。猴哥哥太累了，他躺在草地上，望着蓝蓝的天。作品出现了这样的结束语："啊，秋千，秋千，……"
从以上的介绍中，我们不难看出，整个故事叙述过程中不断插入的段落，其目的不在于连接前后故事，使情节的过渡自然、完整。因为这些段落所容纳的是当事者浓缩了的心理感觉，这些感觉并不直接从属于故事的发展。也就是说，这些感觉的存在与否对作品情节的本身发展并没有什么影响。相反，从局部看，这些不断出现的心理感觉很不规则，很"零乱"。有兔妈妈的感觉；有小兔白白的感觉；有猴哥哥的感觉；也有狭义的讲故事人的感觉；有的感觉既属于白白，又属于猴哥哥，也属于兔妈妈，很难严格地加以区别。这些不同感觉的时间指向也很不一致，有的指向过去，有的指向眼前，有的又指向未来。这样不断出现的心理感觉就使得作品出现了某种"间隔"。但是另一方面，这些不断出现的心理感觉与作品故事情节的发展是一种若即若离、似离非离的关系。这些感觉尽管各不相同，但它们却都是围绕着"秋千"这个意象而展开的，这与整个作品的叙述氛围是一致的。因此，从总体上看，不断出现的心理感觉又与作品故事情节的发展相互补充，形成了一个统一的有机体，间隔化达到了最佳的介入效果。整个作品就是在这种间隔化的过程中获得自身的空间效果的。

## 第四节　作品的虚实相生

以往的童话（创作童话），虚构在作品中占绝对的地位，大多数作品一开篇就进入到幻想的世界，它的人物（包括动、植物等）自始至终都处于一个作者虚构的境界里。作品内事物的外部特征明显地异于作品外事物的外部特征。这类作品很多。如安徒生的《坚定的锡兵》、王尔德的《巨人的花园》等。有一些作品，并不是一开篇就直接进入幻想的世界。它往往在进入幻想世界以前有一个纯粹是为了起过渡作用的现实生活的描写。比如写主人公在床上或别的什么地方睡觉做了个梦，尔后进入幻想的世界，最后再点一下梦醒了，回到了现实世界。如卡罗尔的《爱丽丝漫游奇境记》一类。在这类作品中，现实那部分内容实际上仅仅是幻想世界的附属和点缀，本身并不具有独立存在的意义。也就是说，在这类作品中虚构仍然占绝对的地位。以往的童话往往是以这种绝对的幻想成分来营造其作品的艺术空间的。

当代童话的情况发生了变化，变化的标志之一是写实成分的大量介入。这些大量介入的写实成分将直接与虚构成分一起共同制约作品的构成。当代童话写实成分的介入，不仅在量上，更在结构上改变了以往童话的空间格局。在作品中，虚的部分与实的部分是相辅相成的，谁也离不开谁。离开虚的部分，现实世界无从体现；但是离开实的部分，幻想世界也同样难以展开。当代童话注重的虚与实两者之间的关系，注重的是在虚与实的相互关系中拓展作品深层的空间意蕴。

当代童话创作中的这个变化，在理论上是有着坚实的依据的。唐代司空图在分析作品"雄浑"的风格时曾说："大用外腓，真体内充，返虚入浑，积健为雄。具备万物，横绝太空。荒荒油云，寥寥长风。超以象外，得其环中，持之匪强，来之无穷。""虚"非但不与"实"相隔绝，反而回到了"实"中。象外的"无象"，正如环中的"无物"，都起着虚中生实，寓实于虚的作用。清代的笪重光说得更加清楚，他在《画筌》中说：

空本难图，实景清而空景现。神无可绘，真境逼而神境生。位置相戾，有画处多属赘疣。虚实相生，无画处皆成妙境。

很显然，这里讲的均非孤立的"虚"或孤立的"实"，讲的都是两者相对的关系，即我们说的"虚实相生"。

在当代童话创作中，作品虚与实的相互关系可分为两大类。一类是以单情节线结构来处理作品中虚与实的相互关系；一类是以双情节线（或多情节线）结构来处理作品中虚与实的相互关系。两类方法各有各的特点。

先看以单情节线结构来处理作品虚与实的相互关系。

以单情节线结构来处理作品中虚与实的相互关系又分两种具体情况。一种是幻想世界与现实世界分段进行描写，写一段现实世界，又写一段幻想世界，再写一段现实世界，情节始终贯穿其间。比如英国作家罗尔德·达尔的《奇异的巧克力工厂》。这篇童话的两个世界总体上说是分段进行的，即先现实世界，后幻想世界，再现实世界。作者在写两个世界时各自的特点很分明。写现实的时候，可以逼真到像生活本身一样。比如写查理一家的贫穷，说他们连食物都买不起，只能早餐吃面包和次等奶油，中午吃煮大豆和白菜，晚餐就只能喝白菜汤了——完全是一种小说式的写实手法。写幻想的时候，又是一副十足的童话笔墨。在旺卡先生的巧克力工厂，我们看到一群又一群有着浅玫瑰色皮肤、全褐色头发，只有正常人的膝盖高的小笼包人；我们看到巨大的巧克力河，巧克力瀑布，薄荷糖草地，载人又载物的粉红色糖船；还有那永久性粘地，这种巧克力不能嚼，因为那会碰掉牙，但任你舔，舔多少年都不会变小；甚至还有一种电视巧克力发射机，它是把一块块真实的巧克力

## 第三章　作品的空间构成

变成百万个微点发射到空中去，然后贮藏进每家每户的电视机里，人们想要吃巧克力，只要扭电视机开关就能吃了。然而，作者笔下的两个世界又不是截然分开、互相隔绝的。应该说，作者采用这种单情节线结构来写两个世界，不及双情节线或多情节线结构来得容易。因为它不能像双情节线结构那样各写一个世界，使读者的思路一开始就导入其间。它从现实到幻想，或从幻想到现实，必须找到一个契机，必须找到一个特定的情节单位。这是这路写法最关键的一个地方，否则读者将无法适应。在作品中，这个特定的情节单位就是"巧克力工厂"。正像作者借乔爷爷之口说，旺卡的那些闻所未闻的巧克力制作："是十足荒唐的事！但威廉·旺卡先生已经做到了！"我们也不妨接过这个话茬儿说，在一部童话作品中，现实世界与幻想世界的融合，作者罗尔德·达尔是做到了。我们可以从作品结尾部分（即幻想到现实）的处理来看它的两种成分的融合。巧克力工厂的老板旺卡无儿无女，年事已高，为了把自己的工厂交给一个诚实可爱、性情好的孩子，他在五个获准进他工厂的孩子中选中了查理。他要让小查理马上接班，并且要让小查理的爷爷、奶奶、外公、外婆全都住进这神秘的工厂，以协助查理管理工厂。可是查理说老人们已20多年没下过床了，他们根本不可能来，除非连床一起搬走。旺卡却说，没有办不成的事。于是旺卡的巨型玻璃电梯就落到查理的家里——幻想世界进入了现实世界。多么不可思议。但这一变化却可以被小读者认可，因为小读者的心中一直没有忘记查理进入幻想化了的巧克力工厂以前的那个现实中的家——这是作者单情节线结构开始的时候注入给读者的印象。老人们被连人带床送进电梯后，他们还在大喊着不愿离开。约瑟芬奶奶甚至还说:"我们去的地方,有没有吃的东西?""我正饿着呢!全家都饿着。"约瑟芬奶奶所以这样说,是因为老人们一直处于童话中现实的那部分,他们并未幻想化。但这时小查理却笑了。他笑老人们"不懂事",不知道他的幻想化了的世界。其实岂止是小查理笑,小读者读到这里也会发出会心的笑。因为他们最清楚这是两个世界,最清楚后面可能出现什么。正是在笑声中,孩子们认可了两个世界的存在,而作者也就自然而然地完成了现实世界和幻想世界的融合。

  以单情节线结构来处理作品中虚与实相互关系的另一种情况,是幻想世界与现实世界相互交织,两者很难截然分开。比如美国作家怀特的《小老鼠斯图亚特》。这篇童话的故事情节由始至终都是围绕着幻想化了的人物斯图亚特与现实生活中的人和事的关系展开的。小老鼠斯图亚特是现实中的人物利特尔太太生的第二个儿子,他的身高、体重、长相及习性与日常生活中的老鼠没有两样,所不同的是他能说话,能和现实生活中的人直接对话。这使得小老鼠斯图亚特具有了两重性。相形之下,斯图亚特的爸爸利特尔、妈妈利特尔太太、哥哥乔治等就显得十分遵守现实生活中的法则了。他们也和斯图亚特对话,但他们是把他当作自己的孩子和弟弟来看待的。在他们眼里,斯图亚特除了"像"老鼠外,他仍是现实中的人,由于有了这一层关系,所以围绕着斯图亚特展开的故事便常常是既有现实特征又有幻想成分。比如小老鼠斯图亚特早晨起床后洗脸,他对爸爸说,他可以爬到水龙头上去,但他无法拧开龙头,爸爸把木槌子给了他,于是他用木槌子敲松龙头,有水洗脸了。又比如斯图亚特外出乘公共汽车,他太矮,无法踏上车门踏板。他便抓住一位先生的裤脚,毫不费力地上了车。他用比蚱蜢眼还小的硬币买票，售票员很惊讶，但也只好认可，因为斯图亚特自己还没有 10 美分的硬币高。这里面既有实，也有虚，但两者又是有机地结合在一起的，我们很难将两者截然地分开（也没有分开的必要）。这正是单情节线结构的巧妙之处。张天翼的童话《宝葫芦的秘密》采用的也是这种手法。所不同的只是，怀特将幻想化了的人物直接放进现实生活，与现实生活中的人和事直接发生关系，而张天翼则是用现实生活中的人（王葆）与幻想中的物（宝葫芦）相互产生联系，以此创造作品的空间。

再看以双情节线（或多情节线）结构来处理作品虚与实的相互关系。

这类作品的最大特点在于，它同时写了两个世界——现实的、真切可触的世界和幻想的、扑朔迷离的世界。现实世界与幻想世界平行进行，各司其职，各自保持自己固有的特性。最典型的例子是美国作家乔治·塞尔登的《蟋蟀奇遇记》（即《时代广场的蟋蟀》）。这部作品写了两个世界：一个是以童话人物蟋蟀切斯特和他的伙伴老鼠塔克、猫儿哈里组成的幻想世界；一个是以报童马里奥和他的父母、爱蟋蟀者方赛先生、音乐家斯梅德利先生等组成的现实世界。这两个世界各自的特点是鲜明的。在幻想的世界里，蟋蟀切斯特由于贪吃，钻进了旅行者的食品篮，被人从康涅狄克州乡下带上火车，来到大都市纽约的时代广场。他被报童马里奥收养，与老鼠塔克、猫儿哈里交上了朋友。他们在一起给马里奥一家惹尽了麻烦：一会儿吃了马里奥一家辛苦两天才挣得的钞票，惹得马里奥的妈妈大为光火；一会儿又碰翻火柴盒，引起了一场大火，烧毁了小报摊。但是他们在一起居然又帮助马里奥的爸爸妈妈免于破产，使马里奥一家的生活得到了改善。切斯特在哈里、塔克的帮助下，成功地演奏了动人的乐曲，吸引了顾客，使小报摊生意兴隆了起来。在现实的世界里，为了分担爸爸妈妈的辛劳，小小年纪的马里奥就得帮家里卖报。他孤独、寂寞，与蟋蟀切斯特成了好朋友。他为给切斯特找间好房子（蟋蟀笼），几次去唐人街找方赛先生；他为一美元钞票被损坏，代蟋蟀受过；他爱听切斯特演奏，但又反对父母和音乐家斯梅德利先生用切斯特的演奏来招揽顾客，所以当最后切斯特悄然离去，全家人只有他最为理解。在这部作品里，幻想与现实各有着自己完整的界线，互不干扰。即使蟋蟀切斯特与报童马里奥碰到了一起，两者也始终没有语言上的直接交流。这是因为，双方互为陪衬、互为基础，各以对方的存在为自己存在的前提。比如，没有现实世界里马里奥从方赛先生那儿要来蟋蟀笼，就没有幻想世界里切斯特为住房而吃了钞票；反过来，没有幻想世界里钞票的被吃，也就没有现实世界里马里奥代切斯特受过。又比如，没有现实世界里马里奥的爸爸妈妈特别喜欢听音乐，他们不会去请音乐家斯梅德利先生来鉴定蟋蟀切斯特的音乐天赋，也就没有幻想世界里蟋蟀切斯特和老鼠塔克、猫儿哈里演奏音乐引来现实世界的许许多多的听众，也就没有幻想世界里蟋蟀切斯特的悄然离去。作品的因果关系、双方的情感交流已经在双情节线结构的平行发展中有机地融合在了一起。自然，幻想世界与现实世界的人物是否直接对话，这不是重要的，重要的是两个世界是否有内在的辩证的统一。如果作品情节的发展需要双方的人物作语言上的直接交流，而作品又提供了必要的先决条件，双方当然可以顺应自然。双情节线结构是这样，多情节线结构的作品同样也是这样。

然而，无论是单情节线，还是双情节线，无论是分段进行幻想世界、现实世界的描写，还是同时进行两个世界的描写，它们的共同特点都在于：特别重视现实世界，也即特别重视实的成分的直接介入。这对我们的空间研究，至少有如下几点启示：

第一，童话的写法是多种多样的，童话的结构并不是单一的。19世纪的童话研究者维洛夫斯基等人的那种把童话按人物和主题机械地分类的理论，显然已失去了积极意义。就是维洛夫斯基以后的普罗普提出的所有童话就结构而言都属于同一类型的原则也日益显示出了它的不适应性。童话结构的单一模式被打破了。童话的手法应该走向多样化。它可以只写一个幻想世界，也可以同时写一个现实的世界；它可以使两者各自平行发展，也可以使两者融合一体。

第二，现实世界与幻想世界的并存，拓展了童话的空间层次。原来只有幻想世界的童话，尽管可以上天入地、从古到今地任意写，毕竟"只有幻想世界"。一旦加入现实这一实体，而这个现实又不限制幻想的发展，这当然使童话的世界变得更加广阔。从根本上说，童话加入现实的成分，并不是放弃童话的最显著的特长，而是从反方面加强幻想的氛围和力度，扩大幻想的范畴。

第三，把现实生活如实（不加幻想）地写进童话，这无疑增强了作品的现实感。小读者可以从虚与实的对比中加深对现实的认识，加强他们的生活实感。

第四，写实成分的加入，有助于避免童话人物的类型化，有助于丰富人物的性格。因为作者可以从两个方面、用两副笔墨去刻画、塑造人物。它可以从写实的角度进行大胆的夸张，又可以在幻想的基础上进行典型化的处理，使作品的人物性格富于变化，富于丰富性和立体感。

第五，将现实与幻想巧妙地统一在一部作品中，虚虚实实，假假真真，一方面可以使小读者获得一种亲切感和求知欲，另一方面，也是很重要的一个方面，就是可以活跃、拓展作为读者的思维空间。因为这种处理能将小读者的思维导入积极的运动。而这正是活跃、拓展他们思维空间的前提。

## 第五节　描述对象的超现实性

童话又常常以描述对象的超现实性来创造自身的艺术空间。

在童话中，所描述的对象尽管是源于生活的，但这些描述对象反映在作品中的具体形态往往是超现实的。它不仅仅是通常所说的高于生活，而是整个地不同于生活原貌。在其他文学样式，比如小说里，描述一个人长得胖，可以说他像只啤酒桶，像个树墩子。这虽然不乏夸张，但这种夸张终还是有一定的限度，因为生活中毕竟有长得像啤酒桶或者像树墩子一样的人。但在童话里，就不一样了。比如张天翼在他的童话《大林和小林》里写唧唧的胖："唧唧身体不知有多么重，三千个人也拖他不动。唧唧本来住在楼上的，现在不能住在楼上了，因为怕唧唧一上楼，楼就会塌下来。你要是对唧唧笑，唧唧可不能对你笑，因为唧唧脸上全是肉，笑不动了。唧唧要是一说话，牙床肉就马上挤了出来。"这种情况在现实生活中显然是绝对不可能有的。又比如，小说中可以出现对动物的描写，这些动物可以如何地通人性，但它们却不能直接违反动物本身的生理属性。童话却不然，它不仅可以出现任何一种动物，而且还能使这些动物具备甚至超出人所特有的属性。

如此看来，童话描述对象的超现实性似乎是随心所欲、毫无根据的。其实不然。童话的这种超现实性同样有生活的真实作为基础。换句话说，童话的这种超现实性有自身内在的合理性。因为在现实中，有的东西可以按生活本来的面貌去描写获得读者的认可，而有的东西（尤其是对应于特定的读者对象）则必须改变其生活本来面貌，才能更深刻、更准确地为读者所认可。这正是童话超现实性产生的一个前提。童话的超现实性注重的不是个别的局部的真伪，它注重的是整体意义上的合理效果。张天翼笔下的唧唧，从局部看确乎是不真实的，世界上哪有胖得三千个人都拖不动的人。但从整部作品看，这个形象又是相当合理的。因为在叭哈他们看来，要当世界第一大富翁，首先得是世界第一大胖子。叭哈是世界第一胖子，也是世界第一大富翁。大林（即唧唧）既然做了叭哈的干儿子，自然就得像干爹叭哈一样胖。而要真正成为大胖子，又得有足够的物质作保证，这一点恰恰又是叭哈所能办到的。所以唧唧"合理"地成了卖身投靠、认贼作父那一类人的代表。另一方面，也只有唧唧出奇地胖，才能显出他与现实生活中普通人的不同，从而在更深一层的关系中揭示作品与社会意识形态的某种类同。这样，作品的这种超现实性就完成了自身否定之否定的过程，拥有了自身内部的合理性。在这个问题上，桑塔耶那的观点与我们的分析是一致的。桑塔耶那在论及作品的怪诞时曾说："我们称这些创造是滑稽和怪诞的，因为我们认为它们背离了自然的可能性，而不是背离了内在的可能性。然而，正是内在的可能性构成这些创造的真正魅力，这些我们越多加研究，多加发挥，我们就越能了解这点。于是畸形和沿习典型之间的不一致之感消失了，起初是不可能而又可笑的东西，现在在公认的理想形式中取得其地位。"[1]当然，我们这里说的都还是描述对象超现实性存在的内在根据，只是问题的一个层面。

如果我们从描述对象的超现实性本身的作用看，那么这种超现实性表现出来的最直接的形式则是作品的空间感。因为从外部效果看，描述对象的超现实性意味着被描述对象的变形，而被描述对象的变形，必然要带来被描述对象原有空间秩序的重新组合。这势必给人以一种新的空间感。从过程看，描述对象超现实性中的变形，是一种具有现实性作为内在参照的变形。没有现实性（读者审美阅读中描述对象原有的特征）就无所谓超现实性。这就是说，变形作为一个过程，它本身又充满了空间的张力。变形或是趋向于放大，或是趋向于缩小，无不与描述对象固有特征形成明显的两元对立。这种两元对立还是层层关联，层层深入的。比如大林（唧唧）的胖。大林为什么胖与小林为什么瘦，这是一层意思；大林的胖背后的那种奢侈人生与小林的瘦所代表的那种贫穷生活，这是一层意思；大林的胖、大林奢侈人生的最终结局与小林的瘦、小林贫穷生活的最终结局，这又是一层意思。作品中相互的对照是十分明显的。这样一来，变形就不是一种单纯的、无目的的变形了。变形获得了空间的张力，作品因此而获得了新的空间。

自然，描述对象的超现实性具体的表现形式是多样的。我们不妨试做一番归类。

---

[1] [美]桑塔耶那：《美感》，中国社会科学出版社，1982，第175页。

**人物（包括拟人化的动植物）的超现实性**

张天翼有部童话叫《秃秃大王》，这部作品里的主人公秃秃大王就是一个极度超现实的人物。秃秃大王一发脾气他的牙齿就会变长，而且长得简直让人吃惊。有一回秃秃大王出宫寻猎，听到走在前面的乌鸦乐队唱自己脑袋像冬瓜，身上还有苍蝇爬，就发了脾气，牙齿一下长了三尺，跟自己的身子一样长。乌鸦还在一个劲儿地唱，秃秃大王更气了，牙齿又长了三尺，牙齿插到地下，身子不能动了。乌鸦合唱刚罢，独唱又开始了，秃秃大王气得简直要发疯，他的牙齿一下长了20丈，结果秃秃大王的牙齿成了旗杆，秃秃大王的身子像旗子一样挂在了空中。德国的敏豪生算得上是吹牛大王了，可朱效文在他的《与敏豪生比吹牛》中让唐刚刚后来居上，超过了敏豪生。这里且不说作者让两个多世纪以前的敏豪生与当代小学生唐刚刚同时出现本身就具有超现实性，单就人物本身来说也具有一种超常的力量。敏豪生说，唐老鸭想生蛋，但蛋太大生不出，自己便从鸭嘴里爬进鸭肚，推了七天七夜，总算把蛋推出来了。可是鸭肚里太黑，敏豪生把蛋从鸭嘴里推出来了。唐刚刚则更能耐。他说，敏豪生帮唐老鸭生蛋那天自己也在场，敏豪生因为肚子饿了，用麦秆在蛋壳上戳了个洞，把蛋液吸光了，后来敏豪生就生出了20只唐小鸭。这一切，显然非现实生活中的人所能完成。

**概念的超现实性**

概念作为一种虚的东西，并不直接体现超现实性。无论是童话还是其他文学样式，作者要述说具体概念，总是通过实的东西的描写而接近虚的概念的。但童话的接近过程与其他文学样式是不同的。不同的地方就在于它的超现实性。彭懿在他的《女孩子城来了大盗贼》中提到"嫉妒"这个概念。他说,有一天,女孩子城里的女孩子们心灵深处的嫉妒忽然让人偷走啦,女孩子的"专利"不见啦,这还了得!她们报告了警察局长,可警察局长根本不相信。她们不得不让小药瓶医生做情绪心电图。作者这样说:"小药瓶马上就给二百个丢了嫉妒的女孩子做了情绪心电图。要是在往常,情绪心电图上嫉妒的曲线可明显了,哪个女孩子的心里能没有点儿嫉妒呢!可今天小药瓶打开情绪心电图纸带一看,不由得大吃一惊,纸带上嫉妒那段一片空白。"接着女孩子们又被警察局长带到另一个奇怪的房间里(那里站着一个让人产生嫉妒的非常漂亮的女孩子)做心灵电视检查。然而尽管"荧光屏的一端连接着女孩子们的心灵,只要有一个女孩子的心里稍微有一点点的嫉妒,荧光屏马上就会显示出来",可是等了半天,"女孩子们连一个嫉妒的也没有!从荧光屏上看去:小花裙她们的内心深处平静得像湖水一样。"在现实生活中嫉妒让人偷去已不可能,用情绪心电图、心灵电视来检查嫉妒是否被偷就更是不可能了。

**关系的超现实性**

金逸铭在《挂在睫毛上的星星》中写了一个孩子在湖边思念自己的外婆这样一个故事。在这个故事中,星星与睫毛的关系、孩子与外婆的关系都是超现实性的。孩子在湖边自言自语地呼唤着外婆,于是"随着孩子的喊声,一颗美丽的银星从湖上升起,曳着一条银亮的弧线,朝孩子飞来。星星径直飞到孩子眼前,在他的睫毛上凝然不动了。"这样,星星与睫毛就构成了一种特别的关系。由于有了睫毛上的星星,外婆又出现了。孩子抱住外婆,两手紧紧抓住外婆的衣角;外婆搂住孩子,要孩子别哭,别让泪水把星星冲掉,星星一冲掉，外婆又得走了。就这样，外婆和孩子在一起了。外婆在孩子的眼睛里面。外婆与孩子构成了一种特别的关系。乔治·塞尔登笔下的关系更让人称奇。在《蟋蟀奇遇记》中，如果仅仅是蟋蟀的鸣叫（演奏）引起了周围人的兴趣，那算不得什么特别（因为蟋蟀的鸣叫有时确实会使人得到愉快），但是一旦蟋蟀的鸣叫不仅吸引了周围人的注意力，而且还轰动了整个纽约城，使得市中心交通停顿，那就不能不说是超现实的了：

交通停顿了。公共汽车，小汽车，步行的男男女女，一切都停下来了。最奇怪的是：谁也没有意见。就这一次，在纽约最繁忙的心脏地带，人人心满意足，不向前移动，几乎连呼吸都停住了。在歌声飘荡萦回的那几分钟里，时代广场像黄昏时候的草地一样安静。阳光流进来，照在人们身上。微风吹拂着他们，仿佛吹拂着深深的茂密的草丛。

你能说这中间的关系不是超现实的吗？

**环境的超现实性**

这又可分具体环境的超现实性和背景环境的超现实性。关于具体环境的超现实性，我们可以先看贺宜的《蜜蜂国》。作者说到具体环境（蜜蜂国）："那真是一个好地方呀！那屋子里一层层的有几十层高，一个个窗洞开着，里面都住着穿黄衣服的人。屋顶高得插在云端里。几只老鹰在墙壁上撞着，好像几个苍蝇在玻璃窗上撞一样。它们都飞不过这个屋顶去，因为那屋子真的太高了。"郑渊洁的《魔方大厦》也一样有这类描述。莱克为了搞清楚桌上放着的魔方究竟是什么东西，揭开一个方块，竟毫不犹豫地钻了进去。作者说，这里面"房子是玻璃的，公路是玻璃的，就连树和草也是玻璃的"。上述具体环境的超现实性因为是具体的描写所以都显得很直观。

背景环境的超现实性情况有些不同。它的超现实性往往不是直接的，而是通过这个环境中的人和事以及他们之间的关系间接地表现出来的。比如葛翠琳的《半边城》。半边城原来是座美丽快乐的城，自从左左博士当上了市长，一切都变了样。任何右边的东西都废除了。完整的城市成了半边城；写字不能用右手，得用左手；鞋子不能左右有别，两只脚都得穿左脚穿的鞋；衣裤不能有双数，只能有一只左边的袖子和一只左边的裤脚；椅子没有右脚，只能坐在左边；甚至连刚出生婴儿的右胳膊右腿也要被折断——以培养新一代的半边城公民。这一切对于我们曾经经历过国家那场灾难的人不难理解，显然这是对"文革"的一种艺术的反映，作者的艺术表达是通过描述对象的超现实性这样的艺术手段来完成的。

## 第六节　空间的独特性

前面我们业已讨论了制造作品空间的五种形式。由于我们讨论空间构成的着眼点是作品，因而我们讨论的都还是整体意义上的"类"的空间。也就是说，我们讨论所涉及的多是空间的共通的地方。这似乎容易给人造成一种印象——作品的空间势必是相同的。其实并非这么回事。作品的空间是具有其独特性的。

关于这个问题，我们可以从以下三个方面来看。

**不同作家的作品与作品之间可以有不同的空间**

这一点不难理解。因为作品的空间是因具体作品而存在的，离开了具体作品就无所谓作品的空间，而具体作品又是由不同的作者创作的。这样，不同作者不同的个性、气质、阅历、生活环境等等，以及由此产生的对空间的认识，必然要影响到各自作品的空间构成。张天翼和严文井是两位在中国现当代童话史上占有重要位置的作者。他们的作品都拥有许许多多的读者，但他们作品的艺术空间却有着明显的不同。这中间的一个原因，就可以从两位作者本身去找。张天翼自幼生活在一个开明的家庭里，父亲是个"诙谐的老人，爱说讽刺话"；二姐更是"爱说弯曲的笑话，爱形容人，往往挖到人的心底里去"；他本人又很喜欢古今中外文学大师的讽刺幽默作品。比如他佩服吴敬梓《儒林外史》中的夸张手法，他欣赏果戈理作品里巧妙的讽刺[1]。鲁迅对张天翼的影响更是人所皆知，鲁迅在把握讽刺和幽默的分寸上曾直接帮助过张天翼[2]。这一切对于张天翼童话中那种极度的夸张、变形，显然产生了深刻的影响。而严文井的情况有所不同。他小时候爱观察一些遥远而不可捉摸的东西，爱长时间对着星空凝视，闪闪发光的星星和一瞬间滑过的流星都有惊人的美在吸引着他。他"跟着它们在天空游动，就像生活在一个充满光亮和色彩的世界，心里有说不出的高兴"。他非常爱读安徒生的《夜莺》和《无画的画贴》，他说："这两篇作品，虽然富于幻

---

[1] 参见张天翼:《我的幼年生活》和《自叙小传》,《张天翼研究资料》,中国社会科学出版社, 1982。
[2] 参见鲁迅:《致张天翼》,《鲁迅书信集》,人民文学出版社, 1976。

想性，却没有特别离奇古怪的故事，它们以一种强烈的、优美的诗意感动了我，引起我思索。"①严文井的这种气质和生活环境自然在很大程度上决定了他童话特别注重"优美的诗意"的风格的形成。

优秀的童话作家必然拥有属于自己的独特的艺术空间，必然拥有属于自己的独特的世界。

**同一作家的作品与作品之间可以有不同的空间**

文学创作是一个很复杂的发生过程。在这个过程中，任何情况都可能产生。主体方面（比如作者气质、情绪），客体方面（比如创作环境、取材对象），主客体中任何一个因素都可能导致同一作家作品与作品之间空间形式的迥异。这种情况可以发生在同一作家不同的创作时期，甚至也可以发生在同一作家同一个创作时期。冰波可说是一个例子。他就是在创作清丽柔美的《夏夜的梦》《窗下的树皮小屋》的同时，创作了热闹诙谐的《蜗牛奇侠》。《夏夜的梦》《窗下的树皮小屋》采用的是一种微观的、特定场景的推近透视处理，其背景稳定、清晰，空间形式十分精致。而《蜗牛奇侠》（这篇童话虽算不上完美，但作为一种对比参照有其价值，可备一说）则不同，它采用的是一种放射型的、远距离式的放大，采用的是一种粗线条式的勾勒，其背景宽广、坦阔，有较大的空间涵盖面。显然，这两类作品的空间形式是迥然不同的。所以造成作品的两种不同效果，原因有二：一是如作者自己所说是"为了证明自己尚是个男子汉"（客体的创作环境影响到主体的创作情绪）；一是题材本身的决定性，因为蜗牛的"奇侠"举动若与恬淡细腻的抒情笔触联系

---

① 参见严文井：《我是怎样开始为孩子们编故事的》，《我和儿童文学》，少年儿童出版社，1980。

起来，势必不伦不类（客体的取材对象起了主要作用）。

**每一部作品可以有不同的空间**

有些作品可以始终拥有一个空间，而有些作品则可以由不同的局部空间最后合成一个整体的空间，而局部空间之间可以具有极为分明的差异性。冰波《窗下的树皮小屋》中，两个空间的同时存在是十分明显的。蟋蟀吉铃和他的伙伴小蚂蚱、小萤火虫组成了一个空间。这个空间以树皮小屋为中心，向周围的"橘黄的落叶""厚厚的白雪""女孩的窗口"辐射。在这个自足的空间里，小蟋蟀演奏，小蚂蚱跳舞，小萤火虫掌灯，一切都显得那么和谐、自然。而女孩自己又拥有一个空间，这个空间以女孩的家（这个家本身处于大自然之中）为中心，向四周"真实"的大自然辐射，同时又向四周"幻想"中的大自然辐射。这样，女孩的空间不仅与蟋蟀吉铃们的那个空间形成了不同的对比，自身又获得了空间的层次（双层空间）。当然，这两个不同空间的同时存在并不是相互排斥、相互隔绝的（尽管女孩与蟋蟀吉铃之间无法进行语言上的交流），相反，这两个不同的空间在作品总体的艺术氛围中恰恰是融为一体的。他们都一样要受到自然法则的制约。昆虫（蟋蟀、蚂蚱、萤火虫）无法回避自然界中四季对自己命运的安排，人类（女孩）也不能不受到自身生理状况的影响。他们都一样需要外界的帮助。正因为这样，当蟋蟀吉铃受到大自然的侵袭时，女孩为他们搭起了温暖的树皮小屋；当女孩病倒在床上时，蟋蟀吉铃和他的伙伴为她奏起了动听的音乐。两个不同的空间又合成了一个整体的空间。

至此，我想我可以挑明本节的一个很关键的问题了。我上面的论述，当然不是就空间的独特性而空间的独特性的论述。

我的目的在于说明：空间是有其独特性的；具体到一部作品，空间的"大"或"小"本身没有优劣之分。比如说，张天翼童话的空间与严文井童话的空间有着明显的不同，但我们无法说谁的空间形式比谁的空间形式更好。因为他们作品的空间与作品的结构、人物、氛围等是高度统一的。离开特定作品的内容，无法论说作品的空间。特定的作品只可能有特定的空间。也就是说，作品是否拥有良好的空间，并不在于外在形式上的"大"或"小"，而在于是否具备内在的"和谐""适宜"。作品的空间愈是具有内在的统一，就愈是拥有良好的空间效果；反之，如果不讲究内在的统一，只注重外在的形式，随心所欲，把作品弄得天花乱坠、云里雾里，就愈是没有空间效果，自然也不可能有真正的幻想。

　　关于制造作品空间的讨论我想暂且打住了。我知道，我们还可以找出另外的艺术手段予以考察。不过，由于我们讨论过的五种形式已经具有相当的代表性，因而"作品的空间构成"足可成立，所以我们接下去讨论"读者对于空间的心理需求"。

# 第四章 读者对于空间的心理需求

任何作品的最后完成，都离不开读者的参与。但是读者的参与并不一定意味着作品的成功——至少，不能打动读者的作品就算不得好作品。一部作品效果的好坏取决于两个因素：一个是作品本身应具有打动人的力量，一个是读者本身应具有被作品打动的条件。这两方面中任何一方的削弱都将影响到作品最终的审美效果。道理很简单，对于音盲来说，音乐再美也无所谓美。同样，对于儿童来说，《红楼梦》再深刻，也无所谓深刻，因为儿童并不具备接受《红楼梦》的条件。美是相对的，离开了特定对象的美是没有意义的。也正是在这个意义上，我们要对读者进行专门的论述。因为没有关于读者的论述，我们整个的讨论将是不完善的。说得具体一些：我们童话艺术空间的论述，如果忽略了对童话作品特定读者对象儿童的把握，忽略了儿童心理机制对作品空间承受能力的把握，那我们的讨论很有可能是一厢情愿的。

我打算就三个方面、分三节对儿童读者对于空间的心理需求问题进行论述。

## 第一节　思维活动的模糊性

儿童心理学告诉我们，儿童（特别是低幼儿童）的思维活动主要是凭借事物具体形象（或表象）的联想来进行的。但儿童的活动范围有限，这种有限的活动范围不能不对儿童的思维活动产生限制。另一方面，儿童作为社会的一员，大千世界的万事万物无不通过多种途径诱惑、吸引儿童，使儿童对外界始终保持着强烈的好奇心、新鲜感和求知欲。这样一来，儿童为了获得自身活动范围以外的认识，就不能不超越具体形象进行联想。由于这种联想具有很大程度的不可规定成分，具体形象为思维活动提供的相对准确的联想业已不存在，这就给儿童的思维活动带来了模糊性。思维活动本身是一个过程，既然是过程，那么联想对具体活动的超越（即思维活动的模糊性），必然需要一个相应的空间。

儿童的思维活动是不定向的。儿童的注意力常常是分散、跳跃的。由于儿童较少理性的引导，他们很难对某一事物进行长时间的思考。这就出现了儿童思维活动中意向的闪现。儿童的这一思维特征使他们在作审美评判的时候，往往容易将目标与原因混同起来。比如，儿童问为什么火车比汽车跑得快，人们告诉他，这是因为火车的马力比汽车的马力大；儿童却说，这是因为火车比汽车先到目的地。由此例可以看出，对于儿童来说，目标有时是原因，而原因有时又是目标。儿童还往往以事物某一明显的但却是非本质的要素来概括事物的本质。比如，人们告诉儿童，房子是给人住的；儿童回答说，房子是我住的。这说明，儿童还不能在事物的本质与非本质之间找到明显的界线。因而，当儿童试图获得自身活动范围以外更多的认识的时候，他们往往要对对象进行相当程度上的主观改造。他们将不同类别、不同性质的东西互相扯在一起，使事物夸张、变形，失去本来面貌，改变其原有的空间形式。换句话说，儿童注意力的跳跃性和分散性，使他们对运动变化着的客体保持着好奇心和新鲜感，对对象强烈的求知欲促使他们积极地调动着自己有限的感知，去把握呈现在他们眼前的新事物。运动变化着的客体促使儿童对自己原有的思维结构进行调节，进行建构，以适应新的情况，从而完成新的平衡。就主体言，儿童思维活动中意向的闪现，就带有了某种模糊性。这种思维活动的模糊性又需要一个新的空间形式。

在儿童的思维活动中又常常带有一种非逻辑的观念。儿童还不能对心理的东西和物理的东西加以区别，他们分不清知觉到的东西和想象中的东西的界线，他们往往是物我不分的。在儿童的眼里，现实与梦境是混淆在一起的，无生命的对象与有生命的自我是混淆在一起的。比如，他们见到天上的月亮和星星，会认真地让父母把月亮和星星请下来和自己一起玩；他们见了动物会自言自语地与它们对话；他们甚至可以直接体验动物的感情。皮亚杰在其《儿童心理学》一书中曾举过一个实例：小女孩在厨房桌上看到一只被杀死并拔去了羽毛的鸭子，深受触动。当晚她默默地躺在沙发上，人们以为她病了。开始时，她并不回答问题，后来她却大声地说，"我就是那只死去的鸭子"。由于儿童思维活动的这种不确定性，使得他们可以随时随地地进出于幻想和现实的世界。比如，当他们听到大灰狼的故事，以为大灰狼真的来了，他们就会马上用手蒙住自己的眼睛，因为这时他们认为只要自己看不见，对象（大灰狼）就一定不复存在。对象的存在总是由主体的意愿决定的。这里，心理的东西与物理的东西显然混淆在了一起；儿童进出于现实的世界和幻想的世界并没有过于严格的逻辑程序。可以说儿童是随心所欲、随兴而为的。他们的感性远远超过了理性，思维活动不能不带有模糊性。另一方面，儿童进出于现实世界和幻想世界的这个过程，本身所显现的又是一种空间形式。也就是说，儿童思维的模糊性需要有一个空间形式作为其发生的基础。

我们还可以反过来，从客体作品的角度来看儿童思维的模糊性。

在作品的艺术空间里，被描述对象本身往往就具有模糊性。这分两大类情形。一类情形是直接的模糊描述。直接的模糊描述又分两种情况，一是陌生的模糊。比如班马《星球的第一丝晨风》，写外星人手中的物体："外星人手持着一个奇怪的物体，那是一大串晶莹闪亮的球状东西，像附集在一起的密集气球。但根本不是气球，而是充满张力的一丛透明水泡，这些浑圆的水泡粘连成一体，又彼此在变幻不定地翻滚运动。"对作品的主人公招潮蟹来说，这物体从来未见过，本来就是陌生的。而唯其陌生，才更显出模糊，因招潮蟹根本就无从进行"熟悉"的比较。另一种情况是熟悉的模糊。比如张天翼《秃秃大王》中写到秃秃大王有很多地，但究竟有多少，连秃秃大王自己也说不清。秃秃大王只会说："你从秃秃宫往东走，尽走尽走，走一个月，可也走不出我的地。你从秃秃宫往西走，尽走尽走，走一个月，可也走不出我的地。你从秃秃宫往南走，也一样。你从秃秃宫往北走，也一样。"这里，尽管人们对土地是熟悉的，但秃秃宫里具体的土地人们却是模糊的。人们只模糊地知道秃秃宫里有很多很多地。当然这是作者有意为之的艺术处理。

  描述对象模糊性的另一类情形是间接的模糊性。这类情形的共同特点在于作品的象征性，在于象征本身的多义性。这也分两种情况。一种是从局部到整体。比如宗璞的《星之泪》。这篇童话以天上星星的视角来叙述人间发生的事情。星星很容易地看到了相距千里之遥的两个不同场景。一个场景是大森林里守林人的儿子，白天帮助父亲照管黑森林，晚上迎着夜风，穿着湿透了的单薄衣衫，赶往小镇图书馆去看书。一个场景是大城市里，一个与少年年纪相仿的女孩正坐在地毯上，气呼呼地用力翻看一本书。她不停地对爸爸妈妈发脾气，埋怨他们让她看书学习。这里，地域的大幅度跨越很明显地造成了作品的空间效果。但是在这个空间里，作者要告诉读者的东西又具有一定的模糊性。当作品中大森林里的少年和大城市里女孩这两个具体场景上升到作品整体的象征的时候，这种模糊性就显现了出来。读者可以认为作品表现了对一个在艰苦环境中自强不息的人的赞美，可以认为作品表现了对那些具有同情心的人们（比如星星）把自己的光和亮奉献给他人的无私品质的歌颂，也可以有其他的不同感受（比如客观环境与主观努力的关系等）。间接模糊性的另一种情况是超越描述对象的显现。作品所描述的对象并非作者所关心的东西，作品的象征是超越具体描述对象的。比如班马的《它们》（内含《孤蟹独舞》《大鸟》《古猿猜想》三章）。《它们》的最大特点就在于它对具体描述对象的超越。作者所关心的并不在于具体对象本身,而在于这些具体对象背后深藏着的东西。换句话说,作者关心的在于作品总体的象征力量。《孤蟹独舞》若单从孤蟹这一具体描述对象看,那作者只不过是写在一个月光朗照的夜晚,在一条小河边的沙滩上,有一只墨绿色的蟹正在褪壳。但人们又完全可以越过作品中的这一具体描述对象做各种更深入的理解。比如人们可以认为这篇作品述说的是人的生命进程中的痛苦经历,是人从幼年到成年,从不成熟走向成熟的痛苦历程。每个人有每个人的人生观,每个人对待这一痛苦历程的态度也有所不同。有的人认定了自己的路,对自我设计、自我创造充满了自信心。他们渴望这种痛苦之中的愉悦,渴望这种痛苦后面的成熟。他们对别人的无法理解不屑一顾。他们向往轰轰烈烈,他们鄙视那些不付出代价的享受,他们看轻那些平平缓缓的成功。因此,对于他们,这种痛苦是一种美丽的智慧的痛苦,是一种成熟的标志。由于作品的这一具体描述对象本身具有可超越性,因而人们也可以做另外的不同的理解。这显然是作品的一种模糊效果。然而,即便是只有一种如上述总体一致的理解,作品也会因读者年龄的不同而产生理解程度的不同。年幼一些的儿童可能较多地注意作品中弯弯的月亮、金黄的沙滩,注意孤蟹褪下旧壳、告别幼年后在月光下欢欣舞蹈。年长一些的儿童,特别是那些即将告别少年跨入青年行列的儿童,可能较多地注意作品中蟹在冷月下的孤独,注意蟹"痛苦地撕裂自己,把伤口拉开,勇敢地同陈旧狭窄的壳诀别"的过程,注意作品清丽、悲凉的艺术氛围。这就造成了作品的又一层模糊性。《大鸟》《古猿猜想》也一样,人们亦完全可以超越大鸟和古猿这两个具体形象做各种不同的深入的理解。此外,从具体描述对象来看,《孤蟹独舞》《大鸟》《古猿猜想》可以被看作各自独立、相互间没有联系的；但从作品的整个象征意蕴上看，这三章又可被视为是内在统一的。它们都反映了一个共同的东西，比如人如何从不成熟走向成熟。当然还可以有另外的理解。这显然又是一层模糊性。

再者，作者创作作品时所使用的语言工具本身也具有一定的模糊性。这也是造成作品具有模糊性的一个原因。有些语言很明确，比如好、坏、对、错。但有的语言内涵则比较模糊，比如"从前……""这只老鼠很怪""他显得很高兴""她长得比花朵还美"；有的语言外延又比较模糊，比如"假如""或许""可能"等等。

上面，作品中的这些模糊性，无疑从客体方面印证了儿童主体思维活动中模糊性的存在。

儿童模糊性思维活动为什么适应于作品的空间，这还与其本身的特征有关。

应该说，儿童思维活动中的这种模糊性是一种局限，但从某种意义上说，它又是一种优势。我们可以从以下几个方面来看。

儿童模糊性思维的灵活性。在实际阅读中，对作品进行精确的理解和完整无误的把握，有时是很困难的。因为有的作品作者本意就是要造成一种模糊效果。严文井在他的《歌孩》里写到歌孩的来历就是采用的模糊手法。"据说，在很古很古的时候，歌孩就来到了这个世界上。世界上常有不幸的事因而他不时出现、到处奔走。""歌孩是不容易看到的，却又几乎无处不存在。""歌孩是怎样出现在一个人的面前，又怎样悄悄离他而去，这也许是永远没有人能够解答的一个秘密。"歌孩可以出现在"遥远的昨天"，可以出现在"并不太遥远的昨天"，可以出现在"今天"。歌孩身上所具有的模糊性非常明显地造成了作品的空间感。但是，倘若我们很精确地考察歌孩，考察"很古很古"是什么时候，考察"遥远的昨天"和"并不太遥远的昨天"是什么时候，考察歌孩到底怎样出现，又怎样离去，那么作品的整个韵味便会顿然消失。歌孩就不成其为"歌孩"了。像这样的作品，读者的模糊性思维就显得很适宜了。因为它具有灵活性。它能灵活地根据具体情况，按照作品描述对象的模糊特征品评其韵味。从作品描述对象整个的叙述中，灵活地判断出作品的内涵。

儿童模糊性思维的简约性。一般来说，作品中的许多模糊性是没法界说清楚的。但是，没法界说清楚并不等于不能把握作品。比如，民间童话常用"从前……"开篇，对这个"从前……"要确切地加以界说，确乎是不容易，甚至是不可能的。然而，这并不影响读者对作品的阅读情绪。事实上，作品还往往因此吸引了读者，因为读者可以随便将这个"从前……"置放于"现在"以前的任何时候，这样作品便具有了一定的自我调节空间适度的功能。作品可以在一定程度上，根据不同读者的心理需求呈示空间的变化。这就是说，模糊性思维在处理作品的模糊性时具有一种简约性。它无须过多的繁文缛节，可以避开一些不必要的纠缠，径直切入读者最为关心，最为感兴趣的问题。

儿童模糊性思维的概括性。其实，说到这里，我想我可以这样说了：所谓模糊性，并非乱糟糟、含混不清。从某种意义上讲，模糊性思维有时比精确性思维更为准确。精确性思维常常将作品一段段分解，常常用确定的量来分析表示对象的属性，非常注意局部的含义，对相对静止和相对运动的对象常常有比较清楚的区别。模糊性思维则不是这样。模糊性思维注重的常常是总体的思考。由于自身的模糊性，使得模糊性思维只能用不确定的量来分析表示对象的属性。这样一来，对象与对象之间的外延就很容易发生联系（比如"很好"与"较好"之间、"很胖"与"较胖"之间），从而显出对象的整体性。任何事物都不是孤立地存在的，它总是与其周围的事物构成一个整体而存在的。模糊性思维恰恰照应了客观事物普遍联系和不断运动变化这一规律。因而，模糊性思维又具有相当的概括性。

## 第二节　感觉的真实

对于儿童来说，他们除了需要实际的真实，更需要感觉的真实。

实际的真实与感觉的真实尽管有联系，但两者并不是一回事。有的时候，实际的真实等同于感觉的真实。比如当两个边长完全相等，方向位置完全一致的几何图形放在一起的时候（图2，见下页），无论根据几何学（实际）上的判断，还是按照视知觉（感觉）上的考察，两者都是一致的，两个几何图形都是相同的。有的时候，实际的真实并不等同于感觉的真实。比如当两个边长完全相等，方向位置不一致的几何图形放在一起的时候（图3，见下页），在几何学（实际）上这两个图形是完全相同的，但在视知觉（感觉）上这两个图形则是迥然不一样的。有的时候，实际上是不真实的，感觉上却是真实的。比如当两个底边长并不相等，但方向位置一致的几何图形放在一起的时候（图4），如果我们说这两个图形在几

图 2　　　　　图 3　　　　　图 4

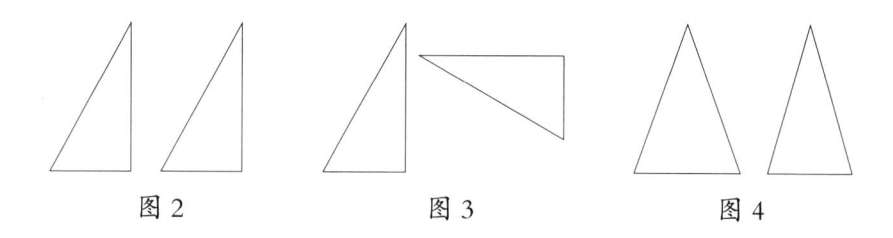

何学上是相似的，那无疑属于实际的不真实。因为几何学上相似的条件是，一切对应的线段都成比例（或说一切对应角都相等）。但如果我们说，这两个图形在视知觉上是相似的，这就属于感觉的真实了。因为视知觉的认可，并不需要运用理智通过精密的测量来获得。视知觉的认可是直接性的，它以感觉的适度为标准。

不难看出，这里面感觉真实的一个至关重要的条件，在于几何图形相互间的方向位置。当然，这个方向位置并不只有一种。比如图2中的两个图形。如果换一种形式，是一种对称的形式（图5），在视知觉上，它一样可被认为是相同或相似的，对于感觉来说，同样是真实的。但是相互间的方向位置又必须有一个前提，即都必须在主体的同一个视知觉范围之中。如果不是在同一个视知觉范围之中，那一切都将失去意义，因为无从比较。这也就是说，感觉的真实需要有一个特定的环境，有一个特定环境中客体的位置，也即客体的空间形式。

图 5

我想，可以这样讲：所谓感觉的真实，对于客体来说，就是原来事物的秩序发生位移、变化、重新组合后而产生的新秩序；对主体来说，就是对这种新秩序的心理上的适应。很明显，感觉的真实意味着主体对客体的空间要求。

儿童需要感觉的真实，这是由儿童自身的心理、生理特征所决定的。

在儿童的心理发展过程中，我们可以发现这样一种现象：儿童常常自言自语。儿童的这种自言自语，不是成人那种无言的内心独白，而是出声的自我讲话。这种自言自语并不具备语言的连续性。它的特点在于刺激儿童自身直接的外部行动。比如儿童看电视《米老鼠与唐老鸭》，他会说："唐老鸭真有趣。"但他并不孤立地说这话，总是与自己的手舞足蹈（比如学唐老鸭的那种滑稽相）联系在一起的。儿童也相互对话，虽然他们对话时你来我往，"对话"的气氛很热烈，但结果却互不相干，各人说各人的，每个人都想着自己的事。当他们试图对别人讲话时，他们并没有真正使自己处于讲话人的位置，并没有真正设身处地地让别人对自己的讲话感兴趣。美国儿童心理学家黛安·E.帕普利和萨莉·W.奥尔兹的《儿童世界》一书曾列举过一个例子，颇说明问题。

贾森：今晚我们吃什么？

薇洁：圣诞节快到了。

贾森：吃饼和咖啡就不错了。

薇洁：我得马上去买东西了。

贾森：我真喜欢吃巧克力饼。

薇洁：我要买些糖果和拖鞋。

很明显，这里所谓的对话，实际上只是相互刺激对方的行为，使对方说话，设置一种气氛，并没有严格意义上的思想交流。应该说，这种现象是儿童心理发展过程中一种特有的现象。但是这毕竟还只是一种现象。如果说，任何一种现象的发生都有着自身的发生基础的话，那么透过儿童的这种自言自语的现象，我们看到的是什么呢？

我想，从这个现象探究下去，我们将发现，儿童的自言自语与儿童的自我中心状态有着根本的联系。换句话说，儿童自言自语的发生基础就在于儿童自身的自我中心倾向。在儿童的心理发展过程中，虽然成人世界不断地以各种方式吸引、诱惑着儿童，成人在儿童身上日益施以社会化的引导，虽然随着生活范围扩大，独立性的增长，儿童常常崇拜并模仿成人，但这一切始终都未能脱离儿童的自我中心倾向的制约。往往是这样：儿童的出发点是崇拜并模仿成人，但结果却总是把成人缩小到与自己相同的模样；儿童的观念与成人的观念之间更多的不是朝成人方向发展，而是朝儿童的方向互相融合。儿童看电视时学着唐老鸭的滑稽相，说"唐老鸭真有趣"，他并不理会旁边人的感受如何，因为在儿童看来，唐老鸭就是他心中的一部分。上一节里我们提到过一个例子，儿童蒙上自己的眼睛就认定眼前的大灰狼不存在了。如果我们换个角度，从根本的思维关系上看，这个现象显然也是儿童的自我中心倾向所致。因为儿童还没有客体独立存在的概念。儿童的逻辑是，既然大灰狼是冲着自己来的，自己看不见大灰狼，大灰狼自然就不存在了。他们无法想象包括大灰狼在内的任何东西可以离开自己而存在。一切都是由于有了"自我"。黑格尔说："儿童最早的冲动就有要以这种实践活动去改变外在事物的意味。例如一个小男孩把石头抛在河水里，以惊奇的神色去看水中所现的圆圈，觉得这是一个作品，在这作品中他看到他自己活动的结果。"[1] 就连目的，儿童也是自我中心的。

儿童的这种自我中心倾向又最为集中地体现在儿童的游戏活动中。认知水平的不断发展带来了游戏活动的展开，而游戏活动的展开反过来又促进了认知水平的提高。儿童可以无师自通地创造多种象征性游戏。比如儿童做家庭游戏，他可以让枕头充当爸爸或妈妈，让书本充当床铺，让玩具吃饭、睡觉，他想干什么就干什么，一切都由他调配。现实中，孩子要听父母的，但在这里，父母反过来由孩子支使、安排。这样一来，现实的东西转变成为他所想要的东西，实际的真实转变成了感觉的真实，儿童的自我得到了满足。不难看出，这中间游戏的过程本身就是一个幻想的过程，而幻想又不可能是无条件的孤立的幻想。幻想必然需要有一个空间。

儿童的游戏活动当然跟儿童与现实发生的冲突有关。儿童游戏活动产生的直接原因在于儿童不满足于眼前既定的生活内容，但儿童的游戏活动并不是主体想服从于现实，而是主体想把外部世界直接地同化于自己的欲望和需要之中。因此，儿童可以按照他们自己的需要来创造现实生活，按照他们自己的感觉来创造实际上的艺术空间。比如儿童可以假想（创造）让玩具一个个拥有生命，组成一个"人"的世界。作为创作者的儿童，不仅使玩具与玩具之间相互对话，而且还让玩具与它们的创造者儿童之间相互对话——当然是想象中的相互对话。创造者（儿童）与被创造者（玩具）融为一体，他们共同完成一个幻想故事。这一切，从成人的角度看或许是不真实的，但儿童在感觉上却是完全真实的。因为儿童置身于他们希望置身的境界中，这个境界解决了他们与外部世界可能发生的冲突。

---

[1] [德] 黑格尔：《美学》第1卷，朱光潜译，商务印书馆，1979，第39页。

可以说，儿童的游戏活动又是对现实世界的积极改造。

有趣的是，在游戏活动中，儿童总是扮演一个成功者。生活中的儿童往往是弱者，但在游戏中儿童永远是强者。儿童可以拿现实生活中某个矛盾来展开游戏，但在具体的游戏中，他们必定要以自己绝对的胜利而告结束。比如儿童用竹竿当马骑这个游戏。在现实生活中，儿童是不可能在没有外界帮助（如大人的帮助）的情况下独自征服一匹马的，儿童主观上又十分想独自征服一匹马，这就产生了一种矛盾冲突，一种想征服而又无法征服的矛盾冲突。而游戏活动则能解决儿童的这一矛盾冲突。因为游戏活动的一个最大特点在于它有极大的假定性。任何人都可以根据自己的意愿（哪怕是纯粹的主观意愿）来设置游戏，任何现实中不能实现的事，在游戏中都能如愿以偿。儿童用竹竿当马骑无须什么复杂程序，儿童完完全全控制着现实生活中他们无法控制的马。在游戏中，如果儿童以一个失败者身份出现是不可思议的。因为如果这样，这说明游戏并没有能最终解决制造游戏的儿童的内心冲突，就是说，儿童的情绪无法得到宣泄，心理无法得到平衡。对儿童来说，这种游戏就没有任何意义。儿童游戏的这一特点，其实说到底，仍然是一个感觉真实的问题。因为感觉的真实需要有一个前提，那就是主体的强烈需求。这也是感觉的真实与实际的真实之间的一个根本性的区别。实际的真实可以是主体需求的，也可以是主体不需求的；而感觉的真实，如果离开主体的需求，一切都无从谈起（无从发生）。

儿童的这种游戏活动具有某种超前性。说实在的，儿童的这种对待游戏活动的态度，远远比游戏活动本身更为重要。如果说，儿童的游戏活动本身反映的是一种愿望，那么儿童对待游戏活动的态度则决定着对象的性质。有什么样的游戏态度，就有什么样的游戏性质，由于儿童比成人接受概念性教育少，没有过多的清规戒律，这使得儿童的游戏态度带有很大的随意性和主观性。儿童在游戏时无须过多地注意对象的实际属性，考察其究竟是否能够代表某种意义。比如儿童用竹竿当马骑这个游戏。作为游戏的对象，竹竿既不是有生命物，又不像马，也并不真正可以骑。可以说，竹竿的实际属性与马的实际属性是有差距的。但在儿童眼里，这两者像不像并不十分要紧，重要的是"我"可以征服一匹"以前"不能征服的马。儿童只按照自己想要知道的，而不是实际上所能准确观察到的样子去表现事物。这样一来，直接想象变成了间接暗示，游戏的手段得到了强化。如果从审美关系上看，这一切则表明，游戏中的对象越是具有暗示性，就越是具有象征意味，就越是具有超前特点。而这一切的展开和完成又无不需要游戏有一个良好的空间形式。不过，这一切对于儿童很难说是一种自觉的意识所致。这一切恰恰是儿童在一种不自觉的状态中完成的。或许，也正是因为儿童的这种不自觉性，才更加说明了儿童读者对于作品空间需要的必然性和必要性。

## 第三节　大与小的重新分配

在童话中，人们时常可以看到"巨人"或"小人儿"以及由此而派生出的"巨人国"或"小人国"等情形的出现。这类例子很多，外国的像王尔德《巨人的花园》中那个自私的巨人，安徒生

《拇指姑娘》中那个仅有拇指一半大小的拇指姑娘，中国的像严文井《南南和胡子伯伯》中那个长胡子巨人老爷爷，贺宜《鸡毛小不点儿》中那个长在鸡背上的"小不点儿"。可以说，在童话中，这一情形的出现是一种很普遍的现象。

　　任何一种艺术表现都是因读者而存在的。如果一种艺术表现得不到读者的认可，其生命力是不可能久长的。"巨人现象"的产生当然不是一种孤立的现象，它的产生有其深刻的读者原因。也就是说，"巨人现象"之所以能够大量出现，其中一个很重要的原因，就在于儿童读者具有接受这一现象的心理承受能力。儿童与成人不同。在成人那里，大就是大，小就是小，现实中是什么样子，作品中也应该是什么样子，即或是发生变化，也是有相当现实参照的变化。而儿童则不一样，对他们来说，世界充满了未知，什么是幻想，什么是现实，本身就没有一个明显的界线。因此，儿童并不看重艺术对象与现实之间的那种直接对应关系，他们所注重的是一种他们认为可能的东西。无须说，这带有很浓的主观心理色彩。

　　我以为，儿童所以能够接受童话作品中的"巨人现象"，原因在于儿童对对象的大小重新分配观。

　　鲁道夫·阿恩海姆在其《艺术与视知觉》一书中曾经论及大与小的关系。他不同意朗费尔德的观点。朗费尔德认为，儿童所以将现实中大的东西画成小的，把小的东西画成大的，是因为儿童受到了其他因素的制约。所谓其他因素，主要是指儿童赋予某些事物的主观价值。正是这种主观价值，才使得儿童把对象画得过大或过小。朗费尔德例举了一匹被苍蝇纠缠的马这样一幅画，来说明其观点。在这幅画中，苍蝇的个头儿几乎与马的个头儿一样大，这是因为，在儿童看来，苍蝇与马一样有本事。阿恩海姆为了阐明自己的观点，另举了一个例子。他说儿童在画人物时，往往都是头比身子大得多，所以这样，并不是儿童把人的头部看得比躯干部更重要，而是因为，"头是原始圆圈的结构等同物。在描绘人体形状时，开始总是画出一个圆圈，然后才出现完整的人形。这样一种绘制顺序，在儿童画的发展过程中，要经历相当长的一段时间。当儿童刚刚开始画人物时，往往一开头就在纸的中心部分画出一个大的圆圈，而置后面所要画的部分全然不顾。当果真轮到画其他部分时，他就不客气地把它们硬塞到剩下的空间中。因此，只要儿童还没有把各种形状区别开来，他对形状的处置就比较随便。在儿童不能区分形状的阶段上，圆是他唯一可使用的形状。因此，他在这个阶段上画出的圆，就比在能够区别各种形状的阶段上画出的圆随意得多。根据同一个道理，当儿童还处于不能区别大小的阶段时，事物的大小对他显得还不那么重要。所以，才能把所有事物画得差不多一般大小"。

阿恩海姆这里谈的虽然是儿童绘画，但对我们"巨人现象"的研究却很有启发。

应该说，儿童绘画中，在圆的易掌握性和重要性这一点上，阿恩海姆是有道理的，但阿恩海姆把圆与大小变化的结果直接联系起来，我以为就很牵强了。因为事实上，在很多情况下，对象的大小变化与圆根本就没有关系。比如，儿童画人与房子：他往往很清楚人是住在房子里面的，但却总是把人画得比房子大。又比如，一只飞来抢食吃的麻雀可以比一只正在吃食的母鸡还要大。我们就很难说，人比房子大，麻雀比母鸡大之于圆有什么直接的关系。依照我的理解，朗氏的观点大抵是不错的。然而，我这样说，并不等于我认为对象大小的变化的原因仅仅在于对象在儿童心目中占有位置的重要程度。我这样说，是因为从主观价值这个角度生发下去，我们可以发现儿童艺术需求中大小变化的另一个原因。这个原因就是儿童的空间感。

何以见得？

首先，儿童艺术需求中大小的变化是儿童等值观念的体现。儿童在自身的艺术创造（比如绘画）中，其主观随意性是很强的。他可以随心所欲地改变对象的形状，可以将天上的东西搬到地上，可以将地上的东西弄到天上，可以将大的变成小的，可以将小的变成大的。比如，儿童可以将一个人的头部画得比整个身体还大，也可以将一个人画得比其居住的房子还要大。这里的随意性可谓大矣，但是儿童的随意性并不是毫无节制、没有前提的随意性。儿童的这种随意性同样离不开儿童自身的主观心理制约。比如在同一种心境下，儿童就不可能对同一个对象作两种大小截然不同的处理。那么，这种主观的心理制约，或说主观的心理需求，其内在的发生前提又是什么呢？我想，这个内在的发生前提就是，在儿童对空间的认识中有一种等值的观念。所谓等值，即是说在儿童（特别是幼儿）那里，不管现实中对象形状如何不同，画面中的不同对象其大小总是相等的。在空间被压缩、放大、变形时，局部与局部、点与点、边与边之间的关系仍旧保持不变，具有一种"拓扑"性质。比如，儿童画中一个人所占的空间比其居住的房子所占的空间还要大，这在现实中是不真实的，但在儿童主观的感觉中却是真实的。因为人与房子两者的价值是相等的。在儿童看来，人只有比房子大，两者之间方能确立一种对等的关系。而这种对等的关系又拥有自己拓扑意义上相同的空间保证。对象大与小的重新安排并没有破坏对象空间结构的统一性。皮亚杰曾经深刻地指出：

事实上，儿童最早的空间直觉是地形学（或译拓扑学）的，而不是投影学的，也不是和欧几里得几何学一致的。例如，直到四岁，儿童对正方形、长方形和椭圆形等都用一个封闭的曲线代表，没有直线或角度。从地形学来看，方形和圆形是同样的图形，对十字形和弧形等则都用一个开放的曲线代表。但是，在这同年龄时期，儿童能很正确地描绘内含一小圆形的一个封闭图形。儿童也能描绘内圆形和外圆形的地形学的关系，甚至能描绘一个封闭图形和一个圆形间在界线上的关系，但是他简直不能正确地临绘一个正方形。[1]

反过来说，空间感又造成了对象大与小的重新分配。也正是因为儿童的空间意识中带有某种拓扑性质，才致使儿童读者在阅读作品时，不仅愿意看到作品中业已固定了的巨人或小人儿形象的出现，而且也愿意看到作品中那些不固定的、一会儿变得硕大无比、一会儿变得小得出奇的角色的出现。如张天翼《大林和小林》中的大林（唧唧），作品开始时大林与普通人没有什么两样，可自从大林投靠了富翁叭哈，认叭哈做了干爹，大林便变成了一个连三千个人也抬不动的像山一样大的胖子；罗大里的《不肯长大的小泰莱莎》，起初小泰莱莎总也不肯长大，她儿时的小伙伴都嫁人了，她

---

[1] 皮亚杰、英海尔德：《儿童心理学》，吴福元译，商务印书馆，1980，第52页。

还保持着小不点儿身材,可是后来为了对付强盗,小泰莱莎突然间长得和烟囱一样高大。作者们所以敢于并乐意将自己笔下的人物"任意"作这般不同于现实的艺术处理,道理就在于此。这样的处理,读者能够接受。

其次,儿童艺术需求中大小的变化又体现为对象比例的重新安排。从过程看,大小的变化最后必定导致比例的重新安排,而比例本身是一种恒定的关系。比例一旦形成,便具有相对的独立性。任何对象,整体与整体之间,局部与局部之间,只要有一定的条件,都可以构成比例。它并不要求对象仅仅是现实中的形状。这就给儿童在阅读作品时带来了多种可能性。儿童可以根据自己不同的需要去欣赏作品:儿童可以欣赏如实反映现实、追求逼真的作品;儿童也可以欣赏完全不同于现实,完全虚构的作品,只要作品中对象之间本身是成比例的。我们不妨来看一看儿童读者是怎样接受这类虚构性作品的。试以安徒生的《拇指姑娘》为例。这篇作品的虚构性是很明显的,因为在人们的实际生活中并不存在只有拇指一半大小的人。然而拇指姑娘又确乎属于人,因为她与人一样,能行走会说话,与人一样有喜怒哀乐,不过她是一个缩小了的人罢了。"拇指姑娘的摇篮是一个光得发亮的漂亮胡桃壳,她的垫子是蓝色紫罗兰的花瓣,她的被子是玫瑰的花瓣。这就是她晚上睡觉的地方。""白天她在桌子上玩耍",桌子上有个盛水的盘子,"水上浮着一片很大的郁金香花瓣。拇指姑娘可以坐在这花瓣上,用两根白马尾作桨,从盘子这一边划到那一边。那样儿真是美极啦!"这里,原有的比例关系被打破了,取而代之的是一种新的比例关系。在实际生活中,婴儿可以在摇篮里睡觉,但无法在只有胡桃壳般大小的摇篮里睡觉；人可以在湖上划船，但无法坐在像花瓣一样大的船上在盘子里划。可是在这里却成了现实。因为作品中的人并不是我们实际生活中的人，作品中的人是作者虚构出来的，她只有拇指的一半大小。很显然，在这里，孤立地去看拇指姑娘是否是我们实际生活中的人、拇指姑娘是否是一个缩小了的人已没有什么实际意义了，重要的在于，儿童看到了拇指姑娘在作品中新的关系，看到了拇指姑娘有了一个属于她自己的新的空间位置。于是，这样一来，看似混乱的大小变化便进入了一种有序的状态，看似混乱的大小变化便获得了一种新的空间平衡。

再次，儿童艺术需求中大小的变化与儿童的简化原则也有关。儿童的简化当然不是以量的尺度去衡量对象关系的简化，不是通常意义上的简单。儿童的简化往往反映着复杂。正如从量上讲，小提琴独奏要简单于交响乐，但是小提琴独奏同样可以表现极其复杂的内心感受，甚至表现一种唯有小提琴独奏才最适于表现的复杂内心感受。就儿童艺术需求中大小的变化来说，简化意味着儿童以一种有秩序的整体形式，采用尽可能简洁明了的手段去表明（或接受）对象的复杂性。儿童简化原则中的空间意识是很明显的。比如在儿童的绘画中，儿童往往将房子缩小，而将房子里的人放大。这个缩小和放大共同遵循的一个原则就是简化。因为缩小的房子其结构是简洁而明了的，而放大了的人也并未因外部轮廓的放大而增添其内部的构成。在儿童画中，儿童很注意对象外部的完满，而对对象内部具体构成，相对来说则显得不特别重视。拿儿童画人的头像来说，成人往往很注意画眼睛、嘴巴等五官，并不特别注重整个头部的轮廓。儿童则不然，在儿童心目中，眼睛、嘴巴等五官的处理可以有一定的随意性，但整个头部的轮廓无论是圆形还是其他什么形状，总是完整的。即使是两个头像前后重叠，两个头像的轮廓仍然是完整的。这种简化，说明儿童对空间是需要的，但这种需要是有选择的，有条件的。儿童的空间需要有一个相对完满而稳定的外延。儿童对于空间的这一心理需求在童话创作中自然也有反映。比如，大凡优秀的童话作者在写到巨人或小人儿一类形象时，总是或多或少地要涉及这些形象所出现的环境（像巨人国、小人国等），尽管这个环境本身的描写并不一定很详尽，但是有这样一个地方存在，作者大抵总是不会忘记交代的，因为作者知道，儿童对空间的需求有自己的特殊性。有时，面面俱全未必一定好于点到为止。

另外，儿童艺术需求中大小的变化还与距离有关。儿童所以喜欢将对象放大和缩小，这不能不涉及儿童对对象的兴趣。兴趣作为一种内驱力，它的延伸必然导致想象的产生，而想象又意味着距离。因为对象本身提供的毕竟只是一种既定的结构特征，并不能满足儿童特殊的心理需求，为了满足儿童的这一心理需求，需要有一种想象来作为补充。想象实际上就是在一个原有的对象上发现一种新的形式的过程。比如儿童在阅读作品时，就常常期待着巨人或小人儿的出现。这里面就有一个想象的问题。一方面，这个期待中的巨人或小人儿，对儿童来说，本身就有一个想象的过程，儿童无法确定那些可能出现的对象究竟是什么样子，但他们又摆脱不了某种诱惑（如果作品是成功的话），在这种情况下，他们便只好用自己的想象来"创造"对象。另一方面，巨人或小人儿的出现，对于儿童读者来说，尽管是期待中的，但是巨人或小人儿却明显地不同于实际生活中的人。原来不应该大的对象变大了，原来不应该小的对象变小了，这中间同样有一个想象的过程。想象为对象提供了新的形式。更何况，作品中的巨人或小人儿与儿童读者想象中的巨人或小人儿还不可避免地存在着距离。换句话说，想象之于儿童艺术需求中大小的变化，最终是一种空间的效果。艺术对象中的距离感决定了空间的存在。

最后，儿童艺术需求中大小的变化必然地要导致儿童对艺术对象的变形欲望。关于这一点，无论是在儿童自身的艺术创作中，还是在儿童的阅读范围内（比如童话作品）都很容易找出例证。我们先来看儿童绘画这一儿童自身的艺术创造。在儿童绘画中，变形实在是一个普遍存在的现象。不能说儿童绘画的变形与儿童技术上的因素没有一点儿关系，面对一个空间层次复杂的对象，儿童只能将其简化，将其变形，但儿童所以将自己的绘画对象加以变形的根本原因还在于，作为绘画者的儿童有一种主观上的心理需要。因为在特定的意义上，对儿童来说，唯其变形才更显出对象的真实。变形的效果之一，就是还原对象的空间性。儿童绘画的变形大致说来有两类情形。第一类情形是对象的增加。比如儿童画一个侧面的头像，画成之后，人的鼻子在侧面，这符合实际情况，但儿童为了更好地反映空间深度，又将两只眼睛、两只耳朵也同时画到了一个平面上，儿童想当然地把根本不该出现的另一只眼睛和另一只耳朵画了出来。对象增加了，头像变了形。第二类情形是对象的省略。比如，儿童画一个人，他们常常这样处理：用一个圆代表头部，用头部下面的两条左右水平线代表两只手臂，用头部下面的两条垂直线代表两条腿，而身体却被省略了。这与实际生活中的人相比较，无疑是一种变形。很显然，变了形的对象总是由未变形的对象显示出来的，否则，就无所谓变形与不变形。这就是说，变形意味着对象的增加或省略，对象要受到一种外力的作用。这样，变形首先是直接改变了对象的两维平面。而对象本身又是一个空间实体，对象两维平面的改变又决定了对象纵深维度的改变。从整个效果看，变形实际上意味着对象的形状（总体的或部分的）所构成的全部空间关系的重新组合。比如在第一类情形中，儿童所以要将侧面人像的另一只眼睛和耳朵也同时画出来，正是因为儿童意识到两只眼睛之间、两只耳朵之间的关系，也即认识到对象的平面与立体之间的关系。就是说，对象的变形，通过对象两维平面的改变，暗示出了对象纵深维度的存在；对象的变形，最终又还原了对象本身的空间构成。在童话作品中，情况又何尝不是如此呢？童话作品中，变形的形式很多，但总起来说不外乎有两类。一类是部分的变形，一类是整体的变形。安徒生《海的女儿》可谓典型的部分变形了。这篇童话的主旨并不费解，它通过小人鱼勇敢的抉择，歌颂和赞美了那种为实现自己的理想而献身的高贵品格。倘或用通常的现实题材、人物去把握这一主旨，应该说是完全可以的。但是作者却并没有这样做，作者笔下的主人公——小人鱼并不是一个普通的人间少女，而是一个上半截身子是人身、下半截身子是鱼尾的海的女儿。小人鱼本来可以在海底享受几百年的荣华富贵，但她渴望人间生活，为了使自己获得一份人类的灵魂，她心甘情愿地忍受着来自各方面的痛苦折磨。她不愿以牺牲他人幸福来换取自己的偷生，她义无反顾地走出了大海，让自己的身躯化为泡沫。作者的这一构思新颖、别致，又为整个故事情节奇妙展开创造了坚实的基础。作者安徒生太懂得儿童的心理了，他深深地懂得作品人物的变形对儿童读者有着多么巨大的吸引力。事实也正是这样，小读者正是怀着对上半截是人身、下半截是鱼尾的小人鱼的强烈的好奇心而走进作品迷人的艺术空间的。如果说安徒生笔下的小人鱼在外观上还保留了一定的人的形状的话，那么托夫·杨森的"木民矮子精系列"中的矮子精在外观上则全然没有半点儿人的模样了。从外观上看，矮子精确确实实称得上是一个"怪物"，他的长相很奇特，很像站立着的河马，又矮得出奇，还拖着一条大尾巴。然而，矮子精在儿童读者那里，却又实实在在是一个可亲可爱的朋友。他坚忍、善良、富于开拓冒险精神，又固执、武断、我行我素。说他不像人，他又具有人的品行；说他像人，他又没有人的体貌。他到底是什么？——这是作品在读者身上产生的最初的、也是非常强烈的艺术效果。儿童读者当然不会仅仅滞留于此，但是，这个全然变了形的"人物"，将一步步引导儿童去把握作品的意蕴，这是无疑的。儿童艺术需求中大小的变化导致了他们对艺术对象有一种变形的欲望，而作品中人物的变形恰好吻合了儿童的这一阅读心理。审美主体与审美客体在这里取得了相互间的照应，儿童读者自然而然、又愉快地接受了作品。

# 第五章 空间结构的功能网络

## 第一节　两个层面：表层与深层

　　由于结构主义、符号学、现象学、语义学等学说的创立，人们对叙事作品的研究又有了新的认识。人们不再把文学作品只看作是一个单一的平面体。作为一种语言艺术，作品拥有自身的立体构造。符号学家罗兰·巴特把叙事作品分为动能层、行动层和叙述层三个层次，而现象学家茵加登则从声音层、意义单位层、被表现的客体层和图式化方向层四个层面去把握文学作品。在我国的儿童文学研究领域，也有人开始从结构的意义上对作品进行把握。比如，方卫平认为应该将儿童文学作品划分为语音、语象和意味三个层面。我认为他们的划分都有各自的道理。

　　相比起来，我的划分比较简单。我只把叙事性儿童文学作品分为表层和深层两个层面。具体来说，表层是指叙事作品中的故事性，指人物或事件之间的关系；深层则是指叙事作品中的言语[①]性，指叙述者将人物或事件之间的关系传达给读者的方式，也就是叙述者在作品故事背后的寓意。当然，我很清楚，层次怎样划分固然重要，但更重要的是用怎样的尺度、原则对各个层次进行分析，找出各个层次相互之间的逻辑关系。否则就很容易流于目前不少文章那种为划分而划分、缺乏实质内容的皮相界说了。

## 一、表层分析

作为叙事作品的童话，其表层的故事性是明显存在的。有的童话特别注重情节的曲折多变，这中间的故事性好理解。有的童话并不十分注重情节的曲折多变，讲究淡化情节，但无论怎样淡化，总有一个故事的框架。安徒生《海的女儿》抒情氛围很浓，情节亦很淡化，但我们仍然看到了故事：海的女儿为了由鱼身变成人，获得人的灵魂、人的爱情，毅然抛弃海王宫殿的舒适生活，勇敢地追求理想。这是一个方面。另一个方面，由于童话从内容到形式强烈的超现实性，使得童话在总体上较之其他样式的叙事作品更具新颖性和悬念性，也就是说更具表层的故事性。

我这里打算着重分析法国作家圣埃克苏佩里的《小王子》这部童话。

《小王子》表层的故事性是显而易见的。《小王子》表层的故事性与一般叙事作品那种情节的起承转合诸特征有关，显然还与作

---

[①] 语言和言语是有区别的。总语言作为一种符号，它既是一种社会习惯，又是一种意义系统，具有两重性。它可分为语言和言语两个方面。两者之间的不同在于：语言是代码，而言语则是信息。（参见上海辞书出版社《语言与语言学词典》）

品所采用的极度的夸张想象形式有关。作品的夸张和想象意味着作品对现实的超越，而这种超越，对于读者的最初感知来说，首先产生的是一种陌生效果。因为作品中所出现的一切，对读者来说都是"新"的东西，读者很难预料下面将会出现什么。这样，夸张和想象就给作品本身带来了新颖性和悬念性。《小王子》在叙述时间上是非时序化的，属于我在第三章第一节里讲的那种时间套时间，故事套故事一类。先是讲"我"在现实生活中的故事，"我"特别喜爱画画，但是大人们却不能理解"我"，"我"只好去学开飞机。由于开飞机，使"我"在一次飞行事故中结识了小王子。这个"现实"故事虽然很短，但却非常重要。它不单纯只是作品的一个楔子，而是在深层结构上有着自身的对比力量（我在后面的深层分析中还要谈到这个问题）。接下去作者写"幻想"中的故事。作者先写"我"怎样在撒哈拉大沙漠中与小王子结识，小王子信任"我"，并喜欢"我"为他画的画。然后写"我"从小王子那里得知的种种关于他的奇奇怪怪的经历。这是作品的主体部分。小王子来自一颗遥远的星球。在小王子居住的星球上，小王子爱看晚霞，小王子说，人在悲伤的时候爱看晚霞，有一天他竟一连看了44次晚霞。小王子爱着一朵花儿，小王子与花儿产生了误会，他开始走访另外七个行星。他访问的第一个行星上，住着一个从未统治过谁但却想统治一切的国王。他访问的第二个行星上，住着一个爱虚荣的人。在爱虚荣的人眼里，别人都崇拜他。他访问的第三个行星上，住着一个糊里糊涂的酒鬼。他访问的第四个行星上，住着一个逻辑古怪的商人。他访问的第五个行星上，住着一个除了自己容不下第二者的点灯人。他访问的第六个行星上，住着一个不知山脉、海洋、沙漠为何物的地理学家。小王子访问了六个星球，六次访问都使他大失所望。因为那里尽是些让人无法理解的人。小王子访问的第七个行星是地球。在地球上，他遇到了蛇，遇到了沙漠之花和园中之花，他看到了特别快车，碰到了卖药商贩，发现了神秘的井。然而最值得注意的是他与狐狸的约会。在狐狸那里，小王子听到了人类久已淡忘了的关于理解和友爱的倾吐。小王子神奇地出现，又神奇地消失了。他是一个可爱的小天使，他给我们带来了许多新颖奇特的故事。然而小王子仅仅是作为一个故事的载体出现的吗？在这些大大小小的故事背后，我们能看到些什么呢？

## 二、深层分析

深层分析，可以说就是言语分析。作为一种社会习惯的语言，它是具有指示的相对稳定性的，它可以在任何不同的场合保持其约定俗成的指示含义；而作为一种意义系统的言语，它根本上是一种选择性和具体化的个人规约，它具有创造意义的功能。但是它离不开具体的语言环境，离开了具体语言环境，言语将还原为语言。从某种意义上说，言语创造意义功能的实现，取决于具体语言的相互组合，或曰取决于叙述者对读者的叙述方式。比如安徒生《皇帝的新衣》中，对皇帝的新衣，大家都说"美极了"，但这个"美极了"却因为具体的语言环境的不同和叙述环境的不同，显示出截然不同的含义。皇帝认为"美极了"，是因为他听说只有聪明的人才能看到新衣的美。皇帝既然能当一国之首，他能不聪明吗？这里的"美极了"吻合了语言的约定俗成含义。工匠认为"美极了"，是因为他们深知皇帝是个十足的蠢材，正因为皇帝的蠢，皇帝才不可能以自己的不聪明去验证新衣的美丑，这里的"美极了"与原来语言的含义恰恰相反，不是"美极了"，而是"丑极了"。这样，言语创造意义的功能就显示出来了。真正的作家总是相当注意自己作品深层的言语性的。

还是让我们具体对《小王子》作番言语分析吧。

我曾经说过，自然时间与艺术时间是有区别的。自然时间是客观的，而艺术时间是主观的。由于言语具有个别的特点，因而言语就不可避免地存在着作品叙述者的主观创造性。艺术时间不仅体现为作品表层故事的发展过程，而且还是一系列和谐的语言表达；其承受的信息是叙述上的，同时也是美学上的。如果按照自然的时间顺序，《小王子》的故事发展应该是这样的：首先是小王子在他居住的星球上，他如何爱看晚霞，如何爱看花儿，又如何与花儿产生误会离开花儿；尔后是他离开自己的星球，走访国王的星球、爱虚荣人的星球、酒鬼的星球、商人的星球、点灯人的星球、地理学家的星球和人类的星球——地球；然后才是"我"曾经如何爱画画，才是小王子与"我"的相识。但是作者却把"我"曾经如何爱画画作为楔子置于作品的开端，并在这个楔子中反复说大人们怎样对"我"（孩子）不理解。"我"孤独，没有知己，"直到六年前在撒哈拉大沙漠飞机发生了故障之前，我一直这样孤独地生活着，没有遇上一个可以真诚谈心的人。"这样的时间处理，向读者传达了什么信息呢？首先，这个楔子已经成为整个故事的开头，它交代了故事是如何发生的，这是叙述上的。但这里的语境压力显然过大，因为这里有一种强烈的期待心情（不仅仅只是情节意义上的期待），这种期待心情需要有一种"理解""友爱"等叙述内容予以平衡。这样，作品就获得了两重含义：表面上是一种无法预料的情节展开系列，而实际上却是人物内心的困惑或痛苦。也就是说，在深层结构上，作品拥有自身的美学力量。

言语既然是一种个人的语言创造，就自然有一个语感变化问题。在言语的意义系统中，语感同样具有两重性。一方面，它显示的是故事富有旋律的表述，另一方面，它又反映着叙述者的情感分寸。造成语感变化的因素很多，叙述节奏、叙述视角、叙述语式等都是造成叙述者情感分寸的重要因素。当然在实际作品中这些因素往往是交织在一起的。在《小王子》中，当描述到小王子如何深深地爱看花儿，又如何与花儿产生误会，作品深层的情感波澜可以说达到了一个高潮。但接下来叙述者并没有马上去写小王子与花儿的关系，却让小王子游历其他星球，大谈在这些星球上遇到的一些滑稽可笑的事，有意使起伏的情感趋于平缓。而当情感趋于平缓，叙述者又通过狐狸的出现，使小王子从狐狸那里听到了许多久违了的关于理解和友爱的见解，再度掀起一个情感的波澜。这当然反映了作者叙述时强烈的情感色彩，作者试图通过这种剧烈的波动来补偿对理解和友爱的苦苦期待。而在这中间，叙述语式、视角同样也是变换着的。比如小王子与狐狸约会那一章里，"我"的直接陈述（在第一章里，"我"曾经直接陈述孤独）已退到了幕后，"我"在这里的作用仅仅是一些纯客观的间接描述。作品中重要的语句、段落（也就是符号学者们所谓的具有"功能"和"标志"的单位）已由第三者的直接对话所承载。这样，语式、视角的变换与整个作品假定真实的情节变化获得了统一，因而在深层结构上作品便具有了艺术的真实感。

"恰恰是在和你的花儿闹矛盾所耽误的时间里，才使你感到你的花儿变得如此重要。"

"恰恰是在和我的花儿闹矛盾……"为了铭刻在心，小王子又重复了一遍。

"人类已经忘记了这一真理，"狐狸说，"可你别忘记：对于被你驯服了的，你应该永远负责。你对你的花儿是负有责任的……"

"我对我的花儿是负有责任的……"为了铭刻在心，小王子又重复了一遍。

这里，言语在语感变化中取得了最佳效果。

言语性还直接反映在作品的喻体设置上。从根本上来说，优秀的作品本身就是一种比喻，但这种广义上的比喻往往也直接需要具体喻体的设置来完成。比喻由喻体和喻旨组成，比喻本身又可分为显喻和隐喻两种。在显喻里，喻体和喻旨划分得很明确。比如《小王子》中，当"我"和小王子在飞机出事的大沙漠上终于找到了水，"我"提起水桶，凑到了他的唇边。"他闭着眼睛喝了起来，那样子真像过圣诞节一样甜蜜哪！"又比如，当小王子决定要离开"我"返回他居住的星球，这时"我"的感受是："他的笑声啊，对我来说就像沙漠中的泉水。"这里，"水"像"圣诞节一样甜蜜"，"笑声"像"泉水"，喻体和喻旨都是很明确的。尽管显喻在作品中有时是必要的，但显喻毕竟只是一种局部的同一。隐喻则不同。隐喻讲究总体的效果，讲究间接性。正如黑格尔所说，隐喻是"隐含的而不是明白说出的……这就是说，隐喻的表达方式只提意象一个因素，但是所指的意义在用意象的那个整体关系里就已显得很清楚，仿佛不须与意象分清而直接就由意象显现出来。"① 隐喻又可分为两类情形。一类是相对独立的隐喻。比如《小王子》中有这样的言语单位：

"那些大人们钻进了特别快车之中，"小王子说，"因此他们就不知道该去追求什么。于是他们就摇摇摆摆，老是兜圈子……"

以一个儿童（小王子）的视角来设置喻体，这里所说的都是儿童的看法。在这个语言环境中，"特别快车"这个意象承载的信息已远远超出其作为通常意义上语言的含义了。你可以认为对，也可以认为不对，但大人与儿童是多么不同，他们以为自己有所追求，其实什么也没追求。喻旨的完成有相对的独立性。隐喻的另一类情形我称之为合成隐喻。这是最富于深层意味的情形。在《小王子》中，"我"苦苦地追求理解、友爱，但终不得结果，后来，碰到了来自另一个星球上的小王子，"我"才有了新的认识。在作品的开始有曰："我一直这样孤独地生活着，没有遇上一个可以真诚谈心的人。"小王子本人的情况又何尝不是这样呢？他爱看他的花儿，但他并没有真正懂得这种爱的价值。他与花儿产生误会后，开始游历其他星球。然而他游历其他星球所得到的却是更多的不解。他访问国王的星球，得到的结论是"大人们都是很难理解的。"他访问爱虚荣的人的星球，得到的结论是："那些大人显然都很不正常。"他访问酒鬼的星球，得到的结论是："那些大人太不正常啦。"他访问商人的

---

① [德]黑格尔：《美学》第 2 卷，朱光潜译，商务印书馆，1979，第 127 页。

星球，得到的结论是："那些大人显然都是地道的古怪人。"他访问点灯的人的星球，得到的结论是：点灯人虽然可以做朋友，"但是他的天地多么狭小哪，除了他自己，容不下第二人"。也只有当他来到地球，碰到了狐狸，他才认识到理解和友爱的真谛。上述"我"与小王子的这些言语单位说明了什么呢？首先，这里面有一种强烈的对理解、友爱追寻的意象，同时又充满着追寻过程的艰辛。作品最后的追寻又回到了人类居住的星球——地球，这是不是意味（隐喻）着理解、友爱在人间，不理解、不友爱也在人间？人类不是没有理解和友爱，而是"那些"大人们丧失了这一切，信念的复归，价值观的重建，是不是一切答案就在你我的身边呢？显然，这里的喻体是合成的。这种合成喻体的喻旨又是集中统一的。

最后，我要特别指出的是，《小王子》所以能使我们做表层与深层的分析，所以能使我们从表层的故事背后领悟到作品的深层的深刻内涵，其原因就在于作品本身是一个自足的艺术空间——既脱离人类，又无法脱离人类；既是幻想的，又是写实的；真真假假，虚虚实实——作品为读者表层和深层的解读提供了自身的艺术保证。而我们有些作品所以只有表层的热闹，而无深层的内涵，一个重要的原因也就在于作品缺乏相应的空间形式。

## 第二节　假定性与合理性的内在依存关系

### 一、假定性的价值

在童话作品中，假定性是一个非常明显的艺术标志。所谓假定性，就是指作品所创造的艺术对象在现实生活中是不存在的，是作者的一种假定，一种设想。这有两大类情况。一大类是现实生活中根本不存在的东西。这具体又可分为两类。一类是人物（包括动、植物），比如变幻莫测的精灵帽（托夫·杨森《精灵帽》），言行举止若人的水孩子（金斯利《水孩子》），神通广大的魔钱袋（冯·夏米索《斯莱密奇遇记》），能使人隐身的神指环（列耶尔·托尔金《指环王》），像拇指一样大的小人儿（塞尔玛·拉格洛夫《骑鹅旅行记》）；一类是环境，比如时间凝固的港口（严文井《"下次开船"港》），可以使人不长个子的虚无岛（詹姆斯·巴里《彼得·潘》），连阳光都发绿的翡翠城（弗兰克·鲍姆"奥茨国故事系列"），谁也不知在何方位的秃秃宫（张天翼《秃秃大王》）。另一大类是现实生活中虽然有原型，但实际又远远不同于生活原型的创造。比如现实生活中有老鼠，怀特在其《小老鼠斯图亚特》中也写了老鼠，但怀特的老鼠与现实中的老鼠却大不相同。因为斯图亚特除了在身高、体重、长相及习性与现实中的老鼠一样外，他还能和人对话，他还能做出只有人才会做的事情——像挤公共汽车、买车票等等。又比如，林·特拉弗斯的"玛丽·波平斯阿姨系列"中的那位保姆，从外表看她与常人没有什么两样，但她能随风飘来又飘去，她能听懂动物说话，她能在朝下的天花板上举行茶话会。显然，这些是常人难以做到的。

童话的这种假定性，从生活原型的角度看完全是超现实的。现实中对象原来的空间秩序被打破后，必然要产生一种新的空间形式，这种新的空间形式当然不是原来的真实空间（自然空间）。这种新的空间形式明显地注入了作为童话创作者的主观愿望。也就是说，它是假定的。但是童话的这种假定性并未因与实际生活外部特征的不符而失去种种新的艺术创造的可能（这一点我在前面的章节里已屡次论及），这是为什么？换句话说，童话假定性的价值在哪里呢？

我觉得可以从两个方面来看。

从艺术本体来看。

不管人们对艺术创造的功能有多少种解释，总离不开以下两条，一是帮助读者更好地认识生活，一是使读者的审美情感得到满足。而艺术创造要达到自己的目的，就必须与原来的现实对象拉开距离，或者说，在具体形态上它必须是超越现实的（否则无所谓艺术的"创造"，读者尽可以直接去体验生活）。超越现实的结果就是描述对象的变形。就作者方面言，这种变形就是艺术的假定。在认识论上，超越自身，这是一种规律。任何一种认识、情感，一旦上升为新的艺术形象，都意味着对自身的超越。要使一个人对其尚未知晓的事物有一个全面的认识，就必须超越事物本身。如果仅仅停留在事物本身，则不可能有新的结果。正像在数学中，要证明 X 正确，不能说 X=X，只能从 Y+Z=X 方面去求证。说 X=X，等于说因为我美丽，所以我美丽。这样做，信息反馈等于零。

我在上一节里谈到喻体的设置问题。如果换个角度，从描述对象的超现实性上看，说的正是这个道理。在比喻中，显喻也好，隐喻也好，目的都是为了借助喻体的设置超越自身。因为不能形成最简单的意象，就不能产生作品深层的言语意味。比如，小王子来到地球，登上一座山谷，当他的讲话变成了一连串的回声时，他这样想：

这个星球那么生硬、那么尖利、那么严峻。而人呢，又是那么缺乏想象力，他们只知道像鹦鹉那样重复别人讲过的话……在我的星球上，我有一枝花儿，她习惯于独立思考，总喜欢讲出自己的看法……

这里，喻旨已远远超越了喻体。它反映了小王子初访地球时的感受，更反映了作者对"那些"大人们缺乏追求信念的深深的失望。

童话的假定性作为一个过程，又是对实用功利主义的超越。如果按照绝对的功利观点，老鼠属于"四害"，是不可能与人类交朋友的。但怀特偏偏让小老鼠做了人类的朋友，而且还让小老鼠去学校给学生们上课。这中间一个重要的原因就在于读者的审美情感已经超越了实用观念。因为小读者从小老鼠身上看到的是人类自身的种种关系。换句话说，小老鼠这个假定的艺术形象为读者提供了审美上的选择自由。假定性诱发了读者的想象力，使得读者的审美情感得到了升华。

童话假定性具有价值的另一方面，可从儿童读者的承受心理来看。

在现实中,有些东西需要通过如实地描写来获得读者(绝对的如实事实上也是不可能的),而有些东西,特别是给儿童看的东西,往往需要对原有对象采取大幅度的变形,才能更好地被读者所认可。

儿童不同于成人,特定的心理机制使儿童常常处于一种幻想的境界之中。他们想征服现实,而实际上又无法办到,于是他们便自我创造一个他们能够征服(也即能够认识)的幻想世界。在这个幻想世界里,一切都走了样,长的变成短的,瘦的变成胖的,动物变成人,老头儿变成儿童。这里的一切,孩子自己说了算,他们想干什么就干什么。从能量守恒的观点看,运动中的事物终究需要获得平衡,而儿童的幻想正是一种新的平衡。因为实际生活中消失的那部分能量,在孩子们自己创造的幻想世界中得到了补偿。童话的假定性恰恰就是对现实生活的超越,两者正好吻合。这就是童话的假定性为什么有价值的一个原因。

从儿童对现实世界的不满足到自我创造幻想世界,这中间显然又有一个自身幻想的问题。因为幻想世界中的一切在现实中是不存在的,完全是儿童的主观愿望。对实际不存在事物的创造,除了幻想,别无他法。在这一点上,童话的假定性同样也能够予以照应。因为童话的假定性,就意味着对现实的超越,这种超越作为一个过程,本身充满了幻想。

皮亚杰认为,儿童有一种泛灵论的思维特征。这一说法的科学性还有待于人们的进一步论证,但儿童思维中有一种普遍的人格化倾向是事实(泛灵论与我所说的人格化倾向是有区别的。后者指人，而前者除了人还包含着某种"神灵"的主宰）。在实际生活中，儿童与玩具对话，儿童让动物、器皿等无生命物"开口"的例子是不胜枚举的。而童话又最讲究拟人化手法的运用，可以说，没有任何一种文学样式是像童话那样通过大量、普遍的拟人化手法来编织故事的了。实际生活中人与动物无法对话，动物、器皿等无生命物不能"开口"，但童话中都可以成为现实。这当然是一种艺术的假定。这样，儿童的人格化倾向与童话的拟人化又取得了一致。

## 二、表层的荒诞还原为深层的情感真实

有趣的是，童话的假定性往往是一种极致的假定。作者并不满足于笔下的一切仅仅不同于现实，而总是将自己的艺术对象推到一种无以复加的、完全荒诞化了的程度。

小老鼠斯图亚特成了人的朋友，这或许还不算奇怪，他能与常人一样去挤公共汽车似乎也能理解（因为他是拉着一位先生的裤脚进了车厢的），但是说小老鼠是人生出来的，就是十足地荒诞了。有文为证：

弗雷德里克·C.利特尔太太的第二个儿子来到人间了。大伙都注意到他比只老鼠大不了多少。而事实上，这婴儿怎么看，怎么像个老鼠。他只有两英寸高，长着一个老鼠那样的尖鼻子，还有两撇老鼠胡子，也像老鼠那样胆小害怕，躲躲闪闪。没过多少天，他不仅看起来像只老鼠，一举一动也像只老鼠了。他头戴一顶灰帽子，手拿一根小手杖。利特尔先生和利特尔太太给他起了个名字，叫斯图亚特。利特尔先生用一个香烟盒和四根挂衣裳的钉子给他做

了一个小床。

斯图亚特和大多数婴儿不一样，他一生下来就会走路。长到一星期大的时候，就能攀着绳子爬上灯座了。利特尔太太马上就发觉她以前准备好的娃娃衫都不合适，就动手给他做了一身微型的蓝色毛绒衣，还缝上了几个贴袋。这样，斯图亚特就可以把他的手绢、钱和钥匙放在里面了。每天早晨，在斯图亚特穿衣服前，利特尔太太都要走进他的房间，用一杆只能称信件的秤来称一下他的体重。生出来那天，斯图亚特的体重才等于一封三分钱邮资的信的重量。可是他爸爸妈妈还是把他留下来喂养了。满月的时候，他体重才增加到三分之一英两。

然而，这里的荒诞，又不是纯粹为荒诞而荒诞的。

作者—作品—读者作为一个整体，其内部存在着一个回环结构。荒诞的最终目的是为了还原到不荒诞，还原到深层情感的真实。越是在一个方面的不相像，就越是要在另一个方面相像。因为作者创作文学作品的目的是为了使读者能够更好地接受（否则倒可以为荒诞而荒诞了），这就决定了优秀的作品无论外在的形式有多么荒诞，都必然有一个内在的情感接受前提。从审美心理上来看，比起生活的真，人们更愿意相信艺术中的美。因为真正的艺术美不但汲取了真实生活的精髓，也饱孕着人们的美好心愿。这种艺术的美更近乎人们的情感真实，更近乎人们的情感发展逻辑。利特尔太太生下一个小老鼠，这在现实生活中是绝对不真实的，是荒诞的，但却符合人们的情感发展逻辑。因为斯图亚特身上人鼠的两重性，既不影响他的人际关系，也不妨碍他作为一只具体老鼠的存在。如果利特尔太太生下的斯图亚特一点儿也不具备人的习性，那这个形象是纯粹荒诞的，读者无从可信；如果斯图亚特不是利特尔太太（人）所生，那倒符合实际的真实，但却很难在作品中迅速建立起其特殊的人际关系（后面的不少情节就根本无法展开）。这样一来，荒诞的"血缘关系"还原为一种情感上的亲切感。虽然理性知道这是荒诞的，但情感却得到了满足。理性的怀疑态度在情感的认知倾向作用下，使得我们接受了作品中的既成事实。表层的荒诞还原为深层的情感真实。

这中间又有一个艺术分寸感的问题。作品太实，没有空间，无所谓还原；作品为荒诞而荒诞，空间漫无边际，人们无从可信，同样也无所谓还原。这也就是我为什么要强调：作品空间的"大"与"小"本身无优劣之分，重要的在于是否有一个最为适宜的空间形式。可以说，童话作者寻找的就是两者之间的最佳位置。

一般来说，童话的荒诞总是通过对对象重要特征的强化、次要特征的弱化来达到作品最终的还原目的。由于语言本身的局限性，作为语言艺术的文学在表现对象的整体细节性上总是显得软弱无力。文学就不能像绘画一样同时再现全部视觉信息，也难以对视觉以外诸如触觉、听觉、味觉等进行全面准确的表述（比如"痒"这种感觉语言就很难说清楚）。事实上，即使语言有穷尽对象一切特征的能力，也没有必要不加选择地一一进行表述。因为对象的被理解程度与对象的详尽程度并没有必然的因果关系。事情倒往往是这样：什么都表现，反而什么也表现不清楚，因为都是特征等于都不是特征；而对局部特征的着意表述常常有可能获得鲜明的艺术效果。当局部的特征具备了某种代表性的时候，整体的再现就成为可能。

　　然而，局部要获得某种代表性，也即获得某种显示整体的力量，除了对那些富有鲜明标志的特征进行强化，无他途可循。对童话来说，就是要对经过选择的荒诞进行强化。张天翼所以把唧唧处理成胖得连三千个人也拖不动他，胖得连指甲上都长出了肉，胖得连笑都需要专门有两个听差把两边的脸拉开才笑得出的荒诞的程度，正是因为唧唧身上的"胖"这个特征能够反映他认贼作父、出卖人格后的奢侈人生。胖的荒诞，最终成了人们对唧唧厌恶的质的还原。同样，作为整部作品来看，小老鼠斯图亚特的"血缘关系"，也不过是个局部，作者将这个局部加以强化，目的在于使人们更有效（当然也更愉快——儿童文学这一点很重要）地审视人类自身的种种关系，还原为一种更深刻的情感真实。

### 三、审美的多种可能性对实际的明确因果关系的超越

　　随之而来的问题是，有些作品可以由表层的荒诞还原为某种情感的真实，而有些作品，很难明确还原为某一种情感的真实，更多的则是同时有多种审美上的解释。《小王子》中，"我"所担心的事终于发生了，小王子就要返回他所居住的星球了，他却安慰"我"说：

　　每当你因此而得到安慰时（人们总得有所安慰），你就会因为认识了我而高兴。你就会永远是我的朋友，并乐于和我一起欢笑。有时，为了寻找欢笑，你可能会打开窗子……而当你仰望天空发笑时，你的其他朋友会感到惊奇。这时，你会对他们说："是的，星星总能给我带来欢乐。"于是，他们会把你当成疯子。瞧，我跟你说

些什么呀，你不会怪我恶作剧吧……

小王子的话说得不错。尽管实际结果只有一个，"我"由衷地想念小王子，但"其他朋友"并不这样看。其实何止只是作品本身对作品中人物的一种假设，对读者来说，谁又敢保证就一定有人把作品中"我"的真诚看作是"疯子"举动呢？对一部作品我有我的感受，你有你的评介，即使总体的认识是一致的，个别的看法也难免相左。我说怀特笔下小老鼠荒诞的"血缘关系"意在还原一种更深刻的情感真实，意在使人们有效地审视人类自身的种种关系。如果这个把握大致不错，人们对人类自身的这个"种种关系"也可能有各不相同的具体看法。是一种亲疏关系呢，还是一种别的其他什么关系？造成这一结果的原因，我觉得至少有以下几个方面。

从作品外部因素看。一方面，语言本身具有模糊性，比如"从前""较为"内涵显得模糊，比如"假如""可能"外延显得模糊。况且，由于语言表述功能上的局限性，文学向读者提供的只是必要的信息，而不能是全部信息，其余的信息要由读者自己去想象补充。这样，作品往往就容易有多种理解。另一方面，就读者而言，由于不同的读者有各自不同的社会经验（儿童作为社会的人，不可能摆脱社会的制约，不过是社会经验体现在儿童身上的形式不同罢了）、生活环境、文化素养、想象能力、智力判断等，因而他们对作品反映的程度、方式、特点也有所不同。这两方面的原因，我在前面的章节都曾有所涉及，在此不再过多地重复。

那么，从作品本身看，造成上述结果的原因是什么呢？

首先，由于作品源于生活，又不同于生活，现实的真与艺术的美呈一种非直接对应的关系,这就使得作品的表层荒诞在还原为深层的情感真实时,有多种选择。当深层结构在情感上获得某一方面的逻辑关系,表层的艺术假定就成为可能。

其次,审美上的情感逻辑发展不等于现实中实用功利态度的因果联系。实用功利态度的因果性只有一种明确的结果。比如"老鼠上街,人人喊打"。而审美上的情感逻辑却有多种发生的可能性。老鼠上街可能被人打,可能不被人打,也可能老鼠去打人。只要老鼠这个形象本身是一个成功的假定。

正因为这样,所以每位读者可以按照自己的理解去认识、把握作品艺术的美。孤蟹的独舞(班马《孤蟹独舞》)是一种注定的毁灭,还是一种必然的新生?歌孩(严文井《歌孩》)来自何处,又去往何方?星之泪(宗璞《星之泪》)为谁而流?是为那些自强不息、逆境中奋起的人们而流,还是为自己能给他人奉献一抹清辉的自豪而流?我想,这并不十分重要,重要的是在这些艺术假定中,我们已经获得了各自审美上的情感逻辑联系。也就是说,在这些作品中我们找到了自己的审美世界。

## 第三节 空间结构的整体把握力量

### 一、空间结构的统摄作用

从根本上说,艺术空间源于自然空间,但艺术空间显然又异于自然空间。艺术空间不是自然空间的某个局部,也不是自然空间认识过程中的某一个阶段。艺术空间是一个独立的、自足的、完整的体系。正因为这样，艺术空间一旦形成，便拥有了自身结构上的统摄力量。

艺术空间在结构上的统摄作用表现在以下几个方面。

**制约性**

对写实的制约。

叶圣陶的《稻草人》在童话中算得上是一篇非常写实的作品了。它写一个可怜的老农妇（稻草人的主人），夫亡子丧，十多年来，拖着孱弱的病体没日没夜地下田劳作，苦熬苦积总算还清了亲人的埋葬费用，接着却是两年的水灾，好不容易盼到一个丰收年，谁知稻田又遭害虫（蛾子）的破坏。它写一个极度疲乏的渔妇，为了"明天的粥"，不得不抛下舱中病重的孩子，冒着寒冷深夜捕鱼，鱼只捕到一尾，孩子的病却加重了。它写一个饱受凌辱的妇女，不甘心被赌输了的丈夫随意卖给人家作抵押，悲愤地投河自尽。然而，这一切是怎么写的？换句话说，这一切是通过什么样的艺术手段表现出来的呢？如果按照"绝对"的写实，这一切将是不可能的。因为在作品特定的空间里，直接"当事人"是稻草人，作者是以稻草人的视角去述说一切的。离开稻草人这个视角去表现夜间所发生的一切，在别处可以，但在这里就失去了真实性（艺术上的）和可信性（实际上的），因为谁也不会无缘无故、一动不动、直挺挺地呆立在田头观望"风景和情形"。正如作品中所写：

这是当然的，田野里夜间的风景和情形，只有稻草人知道得最清楚，也知道得最多。他知道露水怎么样洒在草叶上，露水的味道是怎么样香甜；他知道星星怎么样眨眼，月亮怎么样笑；他知道夜间的田野怎么样沉静，花草树木怎么样甜睡；他知道小虫们怎么样你找我，我找你，蝴蝶们怎么样恋爱：总之，夜间的一切他都知道得清清楚楚。

特定的空间结构，决定了稻草人的"轴心"地位。但是稻草人要表述这一切，"绝对"地写实，同样是不可能的（稻草人是非生命物）。这样，特定的空间结构，又决定了作品的写实性中必然地要渗入幻想的成分。比如作品必然地赋予稻草人的人格化属性。

对幻想的制约。

反过来，空间结构又是对童话幻想的一种必要的制约。我说过，成功作品的幻想是有序的，不是无法驾驭和控制的（这与幻想本身具有目的性是两回事），即使是荒诞，也不可能是为荒诞而荒诞的。幻想也好，荒诞也好，它们都有一个获得最佳效果的问题。从空间结构这一角度看，要获得最佳效果，幻想（包括荒诞）不可能是漫无边际的，它须受到一种必要的制约。在怀特笔下，利特尔太太竟生下了一个老鼠儿子，这种幻想完全到了荒诞的地步。但如果怀特只是写人鼠之间这种荒诞的"血缘关系"（比如任凭这种关系发展，把这种荒诞的"血缘关系"扩展到作品主人公们的下一代等等）而没有后面的小老鼠与人（包括动物）的种种日常关系，那么可以说，这个幻想是没有多少实在的价值的。因为它难以还原到作品深层的情感真实中去；从结构上讲，这种幻想是游离的。怀特当然没有那样做。怀特不过是借助小老鼠斯图亚特这个奇怪的形象（人和鼠）的双重身份，来更好地展开他后面的、关于小老鼠与其他人或动物的关系。由于这一奇特的双重身份，使得小老鼠斯图亚特很容易地跟人和动物产生了关系（对人和动物都有一种先天的亲近感）。比如他与小鸟玛加罗、小姑娘哈丽特的相爱，他挤公共汽车，他参加航模比赛，他到学校给学生们讲课。当然，因为这一奇特的双重身份，这中间免不了要闹许多笑话。如此一来，荒诞的"血缘关系"除了有一种新奇的效果，又起到了使作品人物迅速进入角色，使情节及时展开等作用。幻想成了作品的有机结合成分。

**凝聚性**

在童话中，凝聚作用主要是通过具体的空间位置（人物当然有凝聚作用，但人物自身的存在首先就需要一个具体的空间位置）来实现的。大致说，空间结构的凝聚作用有三种情况。

通过某个固定场景起凝聚作用。

我们可以以洪汛涛的《夹竹桃》为例。这篇童话故事发生的具体地点非常明确，即"一座大山的脚下，一所房子的后面"，"房子的前面，还开起了一个饮水用的池塘"那个地方。主人在自家的房后种了一株松树，一株梅树，一株竹子，在池塘边种起了一排桃树，但是风很凶狠，他一心要吹倒毁坏他们。在风的谗言和利用下，竹子出卖了朋友。风带着冰雹、雪花，把松树、梅树吹倒了。竹子通过风从桃树那里弄来了桃花，摇身一变又成了夹竹桃。很显然，整个作品就是通过这个固定的场景来展开故事的。作品通过这个固定场景向四周辐射，将风、冰雹、雪花、松、竹、梅、桃、夹竹桃、主人等不同关系、不同类别的人（拟人化的物）和事聚合到了一起。

通过变换的场景起凝聚作用。

这类情形以"漫游记""探险记""奇遇记"一类作品最为突出。阿·林格伦的"长袜子皮皮三部曲"（包括《长袜子皮皮》《长袜子皮皮上船去远航》《长袜子皮皮游南海》）就属这类。虽然皮皮的家在威勒库拉庄，但她十分顽皮、好动，她在家里根本就待不住。她爬上着了火的房顶救出了两个小孩子；她去学校上学，可只上了一会儿；她去集市买东西，教训了流氓拉班（她把拉班扔到空中，"像玩球似的玩了一两分钟"，——力气大得惊人，她还曾把一匹马举起来）。她收到当了库莱库莱督岛国王的爸爸的来信，登上海船去找爸爸。她上了库莱库莱督岛，教训了鲨鱼，教训了吉姆和布支之后，又告别了库莱库莱督岛。整个故事的发展，场景变换很多，场景与场景之间的距离也长短不一（短者就在威勒库拉庄周围，长者从瑞典小镇到南海岛国），然而整部作品就是通过长袜子皮皮在这些场景变换中的活动，将一个个各不相关的故事串缀起来，凝聚在一道的。

通过固定场景中的变换场景起凝聚作用。

这是说，有些作品表面上看只有一个固定的场景，但实际上在这个固定场景中，又"变"出了许多变换的场景。圣·埃克絮佩里的《小王子》算得上一个典型的例子。《小王子》的固定场景是撒哈拉大沙漠，说具体一些，就是"我"的飞机发生故障坠落的那个地方。在这个固定的场景中，"我"与从外星球来的小王子相遇了。"我们"一起交谈，一起去寻找大沙漠中那口神秘的井。但作品中又明显存在着其他变换着的场景，比如小王子的星球、国王的星球、爱虚荣人的星球、酒鬼的星球、商人的星球、点灯人的星球、地理学家的星球和人类的星球——地球的其他地方。虽然两种场景共存于一个艺术空间中，但相互间又无法替代，就是各自本身的场景也无法替代。如果爱虚荣人是生活在另一个星球上，何来顺理成章的爱虚荣人的故事？同样，如果不是在渺无人烟的撒哈拉大沙漠，何来"我"与小王子孤寂的对话？没有"我"与小王子孤寂的对话，又怎能衬托出"那些"大人们缺乏追求、缺乏理解的深层意味？可以说，如果不是作者圣·埃克絮佩里有幸找到了这个特定的空间位置，单是故事的圆满展开（情节的前后因果关系）都是很困难的。由此，也可以看出空间结构的重要性。

**对各种关系的协调性**

这种协调性是指在童话中空间结构可以将各种关系（比如人物、情节、氛围、视角等等）协调为一个有机的整体。

我们不妨来看看罗大里的《不肯长大的小泰莱莎》。这篇童话写一个叫泰莱莎的小姑娘，她可以若干年一点儿也不长个儿，同她一起的姐妹们都长成了大姑娘，她还是个小不点儿。她又可以一下子长大长高，长得和烟囱一样高，长成一个巨人，而读者感觉不出其间有什么突兀、生硬的地方。也就是说，在这个特定的艺术空间里，作品对小泰莱莎变小变大的协调性处理是很得当的。

小泰莱莎开始不肯长大，是因为国王派爸爸去打仗，战争结束了，国王打胜了，但爸爸却死在了战场上。她认为这太不合理，也太不公平了，让人无法理解。妈妈说，等她长大了就懂得这一切了。可小泰莱莎却不想长大，因为她"什么也不想知道"。打那儿起，她真的一点儿也不长个儿了。但是后来她改变主意了，因为她知道如果自己太弱小，就不能帮助别人。为了帮助奶奶提水，她长了一丁点儿；为了帮助奶奶叉草料喂牛，她长了一点儿；为了帮助妈妈照料幼小的弟弟，她又长了一点儿个儿。然而，使小泰莱莎身体变化最大的原因是下面一桩事情。有一天，从山上下来了一个全副武装的强盗，他凶狠地命令村民们立刻凑齐一公斤金子给他，否则就烧掉全村的房子。大家都不敢违抗他。小泰莱莎动员全村的男人们联合起来，一同对付强盗。可是没有用的男人们却说，"我们看最好还是满足他的要求为妙"。

小泰莱莎一听又气又急："你们到底是男人还是山羊？"

他们中间没有一个人回答。反之，为了不让小泰莱莎看见他们羞得通红的脸，都把脸转向一边。

"既然这样，那好吧，"小泰莱莎说，"我来对付他！"

说完，她就跑回家，站在镜子面前大声地叫了起来：

"我还要再长大点儿，我要成为一个巨人。"

话音刚落，她果然飞快地长了起来。一直长到她头顶天花板。但她仍不满足，又来到院子里任其成长，当她长到和屋顶一样高的时候，她才停止下来，看了一眼，心中仍不是非常满意。

"我应该长得和烟囱一样高！"她决断地说。

当她长得和烟囱一样高，心觉满意的时候，才动身去惩罚那个强盗。

消灭了强盗，她的身体就缩小了，最后她变成了一个中等身材的漂亮的姑娘。

无须说，在这里我们首先看到的是小泰莱莎身体的这种超现实的、荒诞的变化。但是，在这个荒诞的背后，我们又分明感到有一种心理张力，强烈地促使着我们获取一种新的情感上的平衡。因为在这个特定的空间结构中，你不将身体变高变大，就不可能帮助奶奶提水、叉草料喂牛，就不可能帮助妈妈照料幼小的弟弟，更不可能只身去惩罚那个让全村男人都害怕的强盗。这里存在着一种等值关系。从这个意义上说，敢于同恶人斗争的人他（她）就等于巨人。这样，人物的变小变大就有了一种心理上（情感上）的保证。表层的荒诞可以还原为深层的情感真实。从空间结构上看，小泰莱莎的变小变大与其自身性格的发展（从软弱到坚强）协调了起来，同时，小泰莱莎的变小变大又与整个故事情节的圆满发展协调了起来——因为若是没有小泰莱莎巨人形象的出现，强盗就得不到惩罚，强盗得不到惩罚，故事的整个寓意也就落空了。

当然，空间结构的这种协调性，除了人物情节，还有其他内容。不过，在这里，我就不一一进行分析了。原理都一样。

## 二、空间结构的承载能力及其自身的象征

在童话中，作者把握现实，无论采用何种具体形式，无论是采用幻想中局部写实，写实中渗进幻想成分，还是幻想和写实同时进行，都离不开一个总的幻想空间。事实上，当作者将写实的部分与幻想的部分放在一起的时候，所谓的"实"已不是原来的那个实了。这里的关系不是简单的一加一等于二，而是一种总体的综合效应。所谓的"实"，实际上是作者整个假定空间结构中的一种格局。从创作程序上看，写实首先是为了达到总体的虚，然后才是怎样以总体的虚去反映实（现实），并非写实是为了直接去反映现实——如果是那样，作品一定是失败的。这可以说是童话创作中的一条很

重要的原则。遗憾的是，还有一些童话作者尚未认识到这一点。

艺术空间与自然空间的不一致，就作者言，意味着作者在把握艺术的美与生活的真的关系时有某种选择和表达上的自由。作者可以利用艺术空间的可塑性，对现实对象进行夸张变形，从而达到更有力的艺术把握。换句话说，一种假定的空间结构，为作者更有力地把握生活提供了必不可少的艺术保证。

这可以从以下三个方面来考察。

空间结构具有承载作者把握现实的能力。

在童话中，作者把握现实，需要对具体人物、事件进行某些超现实的艺术处理，而这种超现实的艺术处理首先需要有一个假定的艺术空间。只有有了一个完整的空间结构，作者的一些具体构想才有可能找到适当的位置，成为现实，才有可能不使读者感到有某种生硬和突兀。特别是把握正在进行着的现实，假定艺术空间的获得就更值得注意了。因为把握正在进行着的现实，作者与现实贴得很近，贴得近，中间距离就小，而童话创作如果在艺术表现上不与现实保持一定的距离，就不成其为童话。这是因为在这种情况下，童话区别于其他文学样式的艺术手段，诸如强烈的幻想、极度的夸张等就不存在了。宗璞能较有力地把握"十三陵水库建设"这个现实，就在于她首先找到了"湖底山村"这样一个假定的艺术空间，就在于她首先有了一个特定的空间结构。在《湖底山村》中，一切与现实很相像，一切与现实又不相像。水库建成前后杏花村的两种面貌是通过小姑娘春儿到湖底小红鱼家做客的过程中展现出来的。水库建成前，这里"墙倒屋塌，有门有顶的没几间"，春儿家的屋顶上还有个大洞。那时候，这里的居民"水来了，要走，水不来，没吃的，也得走，一年倒有大半年在外头过"。坏龙（山洪）闹事，从没有风调雨顺的日子。可现在，修了大湖，湖上出现了"峥嵘壮丽的城楼"（拦湖大坝），它积蓄了一湖活水，庄稼长得又肥又壮，坏龙被关进了高栅栏，再也不能兴风作浪了。在一片亮光中，村庄变了，湖水变了，一切都变了。这种真真假假、虚虚实实的艺术效果，不能不说与"湖底山村"这个特定的空间结构有相当的关系。从某种意义上讲，正是因为有了"湖底山村"这个特定的空间结构，作者才得以充分并高效率地发挥着自己的艺术想象。

空间结构具有承载作者把握历史的能力。

由于年代的原因，小读者不可能直接感受历史（已经过去了的某一段生活），任何历史的再现对他们来说都是间接性的。而童话的读者又是特定的读者——儿童，这就为童话作者在把握历史、创造艺术空间的时候提供了双重假定的可能性。童话作者可以通过假定的艺术空间来表达他们对已经过去了的某段生活的理解和认识。比如反映"文化大革命"那段历史，倘若如实写来，小读者肯定看不懂（不能理解），而仅仅将"文革"中的某些人、某些事做些夸张变形，这当然也未尝不可，但势必又缺乏一种总体的艺术氛围。这就是说，除了具体的艺术处理，还需要有一个总的假定的空间。葛翠琳的《半边城》很好地回答了这个问题。它的总的假定空间就是一切都从左的"半边城"。一座美丽可爱的城市，自从来了一位左左博士市长，一切都发生了变化。

本城废止一切右边。市长先生宣布：背朝北面向南为标准画一条线，这条线的东侧为左边，这条线的西侧为右边。背朝东面向西为标准，再画一条线，这条线以北为右边，这条线以南为左边。本城不得使用右边，违者严厉判处。充分强调左边有贡献者，重赏。

正是因为有了这种特定的氛围，一切超现实的艺术处理都变得十分"合理"了。穿鞋只能穿左脚穿的鞋，坐椅子只能坐左边，穿衣服不能有右袖，婴儿出生要截去右手右腿。这就比如实地去写"文革"形象生动多了。也因为有了一切从左的"半边城"，再有"左"的夸张变形，小读者也都能接受。表层的荒诞能够还原为深层的情感真实。

空间结构具有承载作者超前意识的能力。

艺术创作中，有不少优秀的作家具有一种超前意识。他们对问题的认识、理解和把握往往超越了对象本身。对于这样一种超前意识，要在现实生活中找到一个具体的生存环境，显然是不可能的。超前意识要获得形象化的表述，必须首先有一个假定的艺术空间。童话特定的空间结构，在客观上为超前意识的具体化、系统化提供了发生的基础。巴里《彼得·潘》中的超前意识就是通过实际上根本不存在的"虚无岛"这个假定的艺术空间来予以实现的。彼得·潘在温蒂和温蒂的两个弟弟的肩膀上抹了一些神灰，就把他们带到了虚无岛。在虚无岛上什么稀奇古怪的"人物"都有，有海盗、印第安人、被遗失的男孩们、人鱼姑娘、狼、鳄鱼、仙女等等。由于铁钩手胡克的作怪，惊险的事件一个接着一个发生，但只要彼得·潘一出现总能化险为夷。后来温蒂出嫁有了女儿，彼得·潘又把她的女儿带到了虚无岛，后来温蒂的女儿又有了女儿，彼得·潘又把温蒂女儿的女儿带到了虚无岛。在这个岛上，总有那么多的快乐，那么多的幸福。因为太快乐太幸福了，以至于孩子们都"永远不想长大"。尽管这种"永远不想长大"的想法是来自于现实生活的，但是这种想法在现实生活中却并不为更多的人理解和承认。"永远不想长大"这一想法难道不暗示着人们童年是快乐幸福的，但快乐幸福的童年需要去寻找？"永远不想长大"这一想法难道不暗示着人们要珍惜自己纯洁的童年，童年一去不复返？显然，也正是因为有了虚无岛这个假定的空间，作者的种种想法才得以具体化、系统化，并且形象化的。

　　从某种意义上讲，艺术空间起着一种中介作用。它既适应于现实，又适应于过去，更适应于未来。通过艺术空间，具体的艺术手段又得到了强化。

　　然而，空间结构的作用并不仅仅是这些。

　　空间结构的另一个显著的特点在于：空间结构自身的象征性。

　　空间结构一旦形成，它便拥有着自身的象征力量。这一点，童话的空间结构与其他文学样式的空间结构是很不同的。童话空间结构这方面的优势很明显。拿小说来说，通常它的空间就放在现实生活中，其空间结构与自然（社会的）空间十分相近（当然绝对一样也是不可能的）。有的小说甚至连地名、山脉、河流、村落、街道、公司等显示地域环境的标志都力图与实际保持一致。例子很多，恕不一一列举。它追求的是一种直接的真实感。但这在童话中则不行。童话即使写实也是为了首先获得一个总的假定空间，然后才是以这个总的假定空间去显示实（现实）。童话讲究的是"间接效果"。而所谓象征，乃是指通过此去显示彼。这意味着彼此之间有一种距离。显然，这于童话空间自身结构上的特点十分吻合。也就是说，童话的空间结构具有获得自身象征力量的先天优势。

正是因为这样，所以童话的空间一旦升华为一个完整的艺术实体就不再只是显示某个单一的地域概念了——无论是"湖底山村""半边城""虚无岛"，也无论是"巨人的花园""巧克力工厂""'下次开船'港"——因为通过这些假定的艺术空间，人们可以从此岸走向彼岸，可以从审美的必然王国走向审美的自由王国。

童话艺术空间研究，一个迷人的研究课题。

# 后记一（鄂少 1990 年版）

一

我的一位朋友在他的文章中说："对儿童文学研究现状的议论和抱怨早已不是什么私下里的秘密了。"这话说得确乎不错。我相信许多人都想为儿童文学的发展做一些切切实实的研究工作。当然，要将自己的观点较系统地述诸文字，这需要一定的条件。尤其是在目前我国出版业出版理论书籍困难的情况下，这就更显得重要了。

幸运的是，这样的机会终于还是来了。

1987 年秋，湖北少年儿童出版社邀请全国二十余位从事儿童文学创作和理论研究的中青年作者，聚会神农架，共商振兴我国儿童文学事业大计。会议期间，湖北少年儿童出版社宣布，将在近期内着手编辑出版一套"中国儿童文学新论"丛书，而且指明丛书属于专论性质，不是单篇的论文集。这对于我和我的朋友们来说，无疑是一个很大的鼓舞，当然也是一种实在的鞭策。

## 二

自6月份开笔以来，经过四个来月的灯下奋战，现在这本小书的写作终算完成。凡事总有个开头，而开头总是令人难忘的。尽管这本小书无论从质量上还是篇幅上都显得很单薄，但她毕竟是我的第一本论著，因此，我很感谢那些曾经帮助和关心过我的人。

首先，我要感谢湖北少年儿童出版社的总编辑陈贤仲先生，没有他的信任和指教，这本小书要成为目前的样子是不可能的；我还要感谢我的朋友田地先生，感谢他在我的具体写作过程中，经常督促我，使我"明晓大义"；自然，还有我的朋友班马君，在我与班君各自的写作过程中，我们曾几度相互切磋文意，甚为愉快。本书的引言，就是在他的建议下而写的。

或许是一种巧合吧，当我这会儿写这篇后记的时候，正值我的生日。这免不了给我增添一些小小的愉快。不过，我明白，这一天对我来说，既是一岁的终了，更是新一年的开始，我须加倍地努力来充实自己的新的一年。

孙建江

1988年10月29日深夜

杭州翠苑

# 后记二（川少2013年版）

本书写讫于1988年10月，1990年2月由湖北少年儿童出版社初版。

一晃，二十多年过去了。

二十多年来，这世界变化很大。不过也有不变的，那就是一直以来自己对学术的敬畏之心。

学术研究是寂寞的。自打介入这行后，我就做了充分的心理准备。在我来讲，做学术研究首先是喜欢，既然喜欢，也就无所谓寂寞不寂寞了。不过，我又是幸运的，这二十多年来，虽然辛苦劳累，却也著述不少，还不时得到业界同人的鼓励、打气和肯定。

坦白说，这于我已经很满足了。

1997年我应邀去首尔（时称汉城）参加"世界儿童文学大会"。那次会议的参加者不少。会上大家发表各自的观点，会下彼此切磋交流学问。一日，与台湾学者蔡尚志教授聊天——我与蔡教授此前不认识，是为初次见面。不想，蔡教授未言几句就提到了拙著《童话艺术空间论》。说拙著在台湾买不到，他看的是影印本。又说拙著的架构和观点对他正进行中的童话研究颇有启发。我这才知道，拙著在台湾也产生了一定的反响。那次会议结束后不久，蔡教授果然从台湾寄来了他的新著《童话创作的原理与技巧》。蔡教授在该著中数次引述、评介了拙著，还在扉页上特别题签"感谢您的《童话艺术空间论》"字样。

自己的学术成果获得认可，当然很欣慰。

这表明，只要真诚付出，就会有所收获。

近年来，我们的儿童文学研究获得了长足的进展。当然，也还大有深入拓展的空间。当年，以"空间"切入对童话的研究在国内尚无人涉及，属"开拓性"研究。如今，二十多年过去了，环顾学界，这方面的研究似仍鲜有人介入。这多少有些遗憾。真诚希望这本二十多年前的小书能早点儿被后来者"越过"。如是，我愿矣。

四川少年儿童出版社此次一并重版我的三种旧著《童话艺术空间论》《二十世纪中国儿童文学导论》和《飞翔的灵魂——解读安徒生的童话世界》，无疑是对我学术付出的再次肯定。

感谢黄政兄的嘉许和举荐。

感谢川少社对理论著作的大力扶持和重视。

孙建江

2013 年 2 月 28 日

杭州青春坊

# 后记三（冀少2023年版）

这本三十余年前撰写的论著，要印第三版了。

想想，不免有些感慨。

本书第一版1990年2月由湖北少年儿童出版社出版；第二版2013年10月由四川少年儿童出版社出版；这是第三版，将由河北少年儿童出版社出版。

说实话，当年撰写这本书，仅是阐释自己对童话艺术的既有认知，一吐为快而已。

没有想太多，更没有想过三十年后一本理论著作还有读者需求，还能三版重印。

我当然知道这本书还存在着这样或那样的不足。

不过，著述一旦付诸出版，成为公共存在，也就不由写作者完全掌控了。即使你是这本书的作者，你也不能准确预知自己著述的未来走向。

也许，这就是写作的奇妙之处吧。

很有幸，我亲历了这三十年。

我不知道下一个三十年这本书的命运。

愿它还有好运。

孙建江

2020年1月26日

庚子年正月初二

北京柳芳

## [补记]

由于受百年一遇新冠疫情影响，本书的出版推迟了。

想想也是，这个世界这么多人因疫情而不幸离世，这本论著只是推迟出版而已，实在已是很幸运了。

两年前，新冠疫情首次爆发时我被困在北京，上面那段"后记"文字为看完书稿初校样后所写。没想到，两年后全球新冠疫情仍在持续中，我仍在看出版社发来的书稿付印前的清样，这段"后记"文字即看完清样后所写。

一本书（同版本）两段"后记"，实不多见。这也是我从事写作四十年来，从未遇到过的事。而且，更不可思议的是，2020年和2022年两段"后记"文字竟然都写于"1月26日"。这是巧合？还是本该如此？好吧，该来来，该去去，生活需要一点美丽的意外。

大家努力工作和生活，都不容易。

祝福这个世界，祝福每一个人。

孙建江

2022年1月26日南方小年

五天后壬寅年春节

杭州柳营

# 主编小记

方卫平

## 一

2018年初冬时节，趁着我在北京参加一个活动的机会，时任河北少年儿童出版社总编辑段建军先生（现为社长）、副总编辑蒋海燕女士（现为方圆电子音像出版社社长）、总编辑助理兼文学编辑部主任孙卓然女士（现为总编辑）专程从石家庄来京与我见面商讨工作，包括出版一套儿童文学理论丛书的计划。

许多年来，儿童文学理论、评论著作的出版，包括理论译著的出版，受到了不少出版社的重视。作为最近40余年中国儿童文学发展历史的参与者、见证者，我以为，相对于儿童文学的研究传统而言，20世纪80年代以来的中国儿童文学理论批评在研究领域、观念、方法等方面都有不同程度的发展与变化，留下了一批富有学术价值的理论著作。我想，以"中国当代儿童文学理论文库"的名义，陆续选择、保留这样一些著作，应该是十分值得的。

这个建议，很快得到了河北少年儿童出版社领导的肯定和重视。在各位学者的支持和各位编辑的共同努力下，我们看到了现在这样一套理论丛书。

收入本丛书的著作，有的出版于30多年前，有的则于10来年前面世。在我看来，这些著作或对当代儿童文学的理论观念有所更新，或于现代儿童文学的研究领域有所开拓，或在儿童文学的研究方法上有所探索。它们学术体量都不算大——考虑到各种因素，本丛书暂未收入"大部头"的著作——但都不同程度上富有学术的灵感、个性或创意，因而，岁月流逝，它们仍然具有相当的学术意义和阅读价值。

对我个人来说，这些著作曾经在不同时期给我以教益，或者成为我在课堂上常常向本科生、研究生们介绍评述的中国当代儿童文学理论著作。

二

此刻，令我感到非常遗憾的是，丛书作者之一的汤锐女士，已经看不到《现代儿童文学本体论》这部她曾经牵挂的著作的再版了。四年前联系、约请她加入丛书时的情景又浮现眼前。

2019年3月的一天，我通过微信与汤锐联系，恭请她携力作《现代儿童文学本体论》加入丛书。她当即答应，稍后又提及，是否可以将曹文轩教授对该书的评论《女性与理性——读〈现代儿童文学本体论〉》及拙文《我们思想舞台上的优雅舞者》(以下简称

《优雅舞者》）收入书中。经与出版社沟通后，这两篇文章以附录形式置于书中。

我由此想起了拙文写作的一些往事。

1999年秋天，上海的少年儿童出版社拟将该社主办的《儿童文学选刊》《儿童文学研究》合并为《中国儿童文学》继续出版。编辑朋友就刊物编辑事宜征求我的想法。我因此提出了一些建议，其中包括设立一个关于批评家的栏目——每期推出一位评论家一长一短两篇论文，另附一篇同行对该批评家的评介文字。编辑部接受了我的建议，第一期准备介绍我推荐的汤锐女士。10月下旬的一天，负责栏目的编辑朋友又找我说，既然是你推荐的，汤锐老师的介绍文章就由你来写吧，1500字左右。我听了之后马上说，1500字可能太少，只能印象式地点到为止，好不容易开设了这个栏目，建议给4000到5000字的篇幅。

大约是10月29日一早，我开始集中阅读、梳理汤锐的理论著作和多年来我对她的学术成果的印象和理解。汤锐在我们这一代学术同侪中，几乎是唯一的才女型学者，她的理论文字与她的为人一样，沉静、内敛、诗意、优雅。理清了思路，酝酿好了文气，10月31日下午3点半，我摊开稿纸，开始写作《优雅舞者》。那时候家里虽然早已买了一台386台式电脑，可是我这个"技术恐惧症"患者当时还是更习惯于用传统方式写作。也许是因为比较熟悉汤锐的理论文字和为人处世方式，到次日上午10点多，除了吃饭睡觉，算是一气呵成写成了4500字的《优雅舞者》一文。

我在这篇文章中认为："《现代儿童文学本体论》是汤锐迄今为止十分重要的一部理论专著。该书将学术触角伸向了现代儿童文学的本质、功能、美学特征、创作机制等一系列重大而基本的理论问题",并"出示了一个融解、弥漫着良好悟性的精致、绵密的理论构架。在此书中,作者除保留并发展了她充满感性色彩和优美品格的研究个性外,还显示出了相当出色的理性分析和逻辑演绎能力"。

我知道评论汤锐学术工作的文章太少,汤锐对此文是欢喜的。2009 年,明天出版社出版四卷本"汤锐儿童文学理论文集"时,她以此文作为了文集代序。

几年前的那一天,她与我商量将此文收入这套丛书时,用微信语音留言说:卫平,我把你这篇文章放在我书中参考文献的后面行吗?我真的很珍爱你这篇文章。

我非常理解汤锐的心情,这里不仅传递了一份贴心的信任,也是对来自同行的专业呼应的一份珍视和体恤。

汤锐曾经笑着告诉我,她与文友打趣时说过:方卫平那样写我,我有那么小媳妇样儿吗?

这是因为我在文章中反复表达了这样的意思:"汤锐在儿童文学研究舞台上的最初亮相显得小心翼翼""汤锐似乎并不乐意在这个舞台上抢风头,直到今天,她仍然是这个舞台上一名小心翼翼的舞者,至少在她的主观心性控制中,她是低调而谨慎的"。当然,我是试图以此来说明拙文开头时出现的一句话:"这正好标示了汤锐为人为文沉稳内敛、学术心灵清静大气的特质。"

2022 年 8 月 18 日晚上 10 点 20 分,我接到了曹文轩教授的电话。文轩用透着悲伤的声音告诉我,"卫平,汤锐走了"——汤锐女儿方歌刚刚告知,妈妈在一个遥远的国度飞去了更遥远的地方。

放下手机,一股难抑的震惊和悲伤淹没了我。当晚,我给台湾文友桂文亚女士打了电话。我知道，她们是闺蜜级的朋友。文亚说，汤锐与她告别过，她难过、流泪，已经好几天了。

文亚曾经常年为两岸儿童文学交流奔走，留下了大量与大陆同行往来的信函。近年来，她投入了很多精力和个人经费，聘请助理整理、扫描早年那些保存着两岸儿童文学交流历史和热络体温的纸质信件，并且一一归类入箧，寄还书信写作者本人保存。2021年春，文亚与汤锐商量寄还汤锐数十通手书信函一事。汤锐说，自己不便保存了。她们商定这些宝贵的信件先寄我保存。如今，那些以流丽的手书写就的信函停留在我手中，而斯人已逝，怎不令人怆然涕下！

我也把汤锐离世的噩耗告知了刘海栖先生。在我的印象中，汤锐生前的最后一篇评论文章，可能是为海栖长篇小说《小兵雄赳赳》写的《隐藏的文采》一文。此文对海栖新作的语言艺术做了精湛的分析，其中"看一个作家是否有天赋，要看他对文字的感觉，这一点，也正是我对海栖最认可的地方""他终于在文字中找到了自己""很多时候我们以为，文字的美是与辞藻的华丽程度成正比的，但其实更多时候，文字的美是与表达的准确程度成正比的"——这些分析、判断，真的是深得我心。

## 三

对于我而言，这套理论丛书的组织和出版，不仅试图保留一段中国当代儿童文学理论发展的历史成果，也是一段共同经历的学术前行和跋涉身姿的投影与存留。

我盼望《现代儿童文学本体论》与收入本丛书的著作，仍然能够在这个时代的儿童文学学术生活里，发挥作用和影响。

这也是我们对汤锐女士最好的缅怀与纪念。

谢谢河北少年儿童出版社，谢谢各位文字、美术编辑为丛书的出版所付出的心血和劳动。

2023 年 3 月 2 日于余杭翡翠城